आसमान में उड़ी पतंग

(बाल कहानी संग्रह)

हरीराम कहार

दिल्ली-110089, (भारत)

संस्करण : 2020
ISBN : 978-93-899840-4-0

प्रखर गूँज पब्लिकेशन
एच-3/2, सेक्टर-18, रोहिणी, दिल्ली-110089
दूरभाष : 7982710571, 7838505899, 011-27851059

प्रथम संस्करण : 2020

आवरण : दुर्गाप्रसाद

'आसमान में उड़ी पतंग' (बाल कहानी संग्रह)
By **Hariram Kahar**

Published by
PRAKHAR GOONJ PUBLICATION
Delhi-110089
E-mail : prakhargoonj@gmail.com
      sinha.neelu123@gmail.com
      011-27851059, 7982710571, 7838505899

क्रम तालिका

गौरव का साहस

गौरव के पिताजी कम पढ़े थे। वह रेल विभाग में एक साधारण कर्मचारी थे। वह पटरी की देखभाल ईमानदारी और मेहनत से किया करते थे। अपने बेटे गौरव को खूब पढ़ाना चाहते थे।

वह भी अपने पिताजी की तरह सरल स्वभाव का हंसमुख बालक था। वह अकसर रेलवे सुरक्षा नियमों की बातें अपने पिताजी से सुना करता था। वह कक्षा ६वीं का होनहार बालक था। उसे मिडिल स्कूल की पढ़ाई करने तीन किलोमीटर दूर रेलवे पटरी के किनारे से जाना पड़ता था।

उस दिन ६ माही की परीक्षाएं होने वालीं थी। वह जल्दी ही स्कूल पहुँच जाना चाहता था। ठण्ड इतनी अधिक थी कि मुँह की हवा में भाप निकल रही थी। पक्षियों का कलबल आसमान की ओर देखते उसकी नजर अचानक पटरी पर पड़ी। अर...........ये क्या! उसके मन में विचार आया। कुछ समय में तो यहाँ से हावड़ा मेल गुजरने वाली है। और पटरी की प्लेट उखड़ी पड़ी है। उसी समय उसे हार्न सुनाई दिया।

मुसीबत के समय घबराने की बजाय कोई उपाय खोजना चाहिए। तब उसने बस्ता एक तरफ पटक दिया। पटरी के किनारे जोर जोर से हवा में हाथ हिलाने लगा। जैसे ही ट्रेन पास आने लगी उसकी धड़कने बढ़ने लगीं। उसकी मेहनत सफल होती दिखी क्योंकि ड्राइवर उसे देख चुका था। हार्न मारती वह रुक गई। जब ड्राइवर ने उतरकर माजरा देखा उस नन्हें बालक की बुद्धिमानी से खुश हो गए। शाबाश बेटा! कुछ यात्री भी उतर पड़े। अरे पुत्तर, तू कितना समझदार निकला। हम सबकी जान बचा ली। रब्बा खैर करे।

एक बिहारी बाबू भी उसे पैसे देने लगा। तब वह बोला अंकल जी आप इसे रख लिजिए यह तो मेरा फर्ज था। हँसकर वह बोला। और गौरव को इस साहसी कारनामे के कारण सरकार से उसे इनाम मिला।

राक्षस का दहन

बहुत पुरानी बात है। अवधपुरी एक छोटा सा गाँव था। वहां के लोग सीधे साधे थे। एक दूसरे के सुख दुख के साथी थे। पहाड़ी खेतों में जी तोड़ मेहनत करते उससे जो अनाज मिल जाता उसी में अपना और अपने परिवार का भरण पोषण किया करते।

गोपाल नामक ग्रामवासी का एक ही बालक था। जिसका नामकरण था। वह बुद्धिमान और निडर था। जब से लोगों ने काले पहाड़ पर एक राक्षस को देखा दहशत में जीने लगे। वह राक्षस जाने कब आकर गाँव के बच्चों को उठा कर भाग जाया करता था।

अब तो शाम होते ही लोग अपना काम धन्धा छोड़ कर झोपड़ियों में बच्चो को छिपा लिया करते थे। करन ने सोचा जैसे लोहा लोहे को काट दिया करता है। वैसे ही क्यों न! राक्षस को भी इसी तरह फांस लिया जाये। उसने अपने मित्र मचल को अपनी योजाना बता कर कहा हम गाँव वालों की मदद से रुई-कपड़ा और घास पूस से नकली राक्षस बना लेते हैं और राक्षस को मूर्ख बनाया जाये। सभी को करन का सुझाव पसन्द आया।

दूसरे दिन शाम होने के पहले करन हिम्मत जुटाकर असली राक्षस के पास जा पहुँचा। और विनती करते हुए बोला राक्षस महाराज की जय हो। आप इतने ताकतवर हैं, बलशाली हैं। कुछ दिनों से एक विशाल राक्षस हमारे यहाँ आतंक मचा रहा है। आपका हक कोई दूसरा कैसे लूटे।

अपनी तारीफ सुनकर राक्षस मन ही मन प्रसन्न हुआ। फिर अकड़कर बोला, बालक तू मेरी ताकत को नहीं जानता। मैं पहाड़ को भी उठाकर फेंक सकता हूँ। चल मैं अभी उसका कचूमर बना देता हूँ।

वह तो ठीक है लेकिन हमारे गाँव में एक लड़का मंत्र द्वारा कुछ भी कर सकता है।

तभी राक्षस को आता देख मचल झूटा मूटा मंत्र पढ़ता है और गाँव वाले चुपके से नीचे से नकली राक्षस में आग लगा देते हैं। मचल चीखकर बोलता है। यह तो धूँ-धूँ करके जल रहा है। अब तेरी बारी है। करन के पास खड़े राक्षस से बोलता है। अब राक्षस बुरी तरह डर कर वहां से नौ दो ग्यारह हो जाता है। तब से फिर कभी उस गाँव में राक्षस नहीं आता।

चम्पा और राजकुमारी

बात बहुत पुरानी है। जामनगर में गुल मेंहदी नामक एक औरत रहा करती थी। उसकी दो बेटियाँ जिन्हें वह बेहद प्यार किया करती थी। पर उसकी एक सौतेली बेटी चम्पा भी साथ रहा करती थी। वह सीधी और भोली थी। उसकी माँ को वह फूटी आँख नहीं सुहाती।

दोनों बहनें तो इधर उधर खेला करती परन्तु चम्पा घर के सारे काम झाड़ा बुहारी बरतन पानी जानवरों का चारा पानी सभी काम करती ठण्ड के दिन धूप निकलते ही माँ ने कहा चम्पा सारे गेहूँ बाहर आँगन में डाल दे। उसके अन्दर कीड़े मर जाएंगे।

हाँ माँ, और वह अनाज सुखाने डालकर एक लकड़ी से पक्षियों को भगाने लगती है। तब उसने एक विचित्र कौआ को देखा जो कांव कांव करता दाना चुगने लगता है।

वह उसे भगाने की कोशिश करने लगी। परन्तु उसे वह भगा नहीं पाती। गुस्सा दिखाते हुए वह बोली तू मुझे क्यों सता रहा है। माँ मुझे डाँटेगी। जा......भाग। तब वह जाते जाते सोने के सिक्के गिरा जाता है।

अब चम्पा आश्चर्यचकित उन सिक्कों को देखने लगी। वह दौड़ी माँ को सारा हाल सुना देती है। लालची माँ की खुशी का ठिकाना नहीं रहा। प्यार से बोली बेटी तू रोजाना उस कौआ को अनाज खिलाना। अबकी बार आये तो उससे ढेर सारे सिक्के माँगना।

दूसरे दिन जब वहीं कौआ आया। अनाज खाते समय उसने प्यार से उसके पंखों पर हाथ फेरा। वह देख कर दंग रह गई। कौआ दूर दूर तक नहीं था। एक सुन्दर राजकुमार सामने खड़ा था। उसने कहा मुझे एक साधू का श्राप था। जब कोई तुम्हें सच्चा इंसान हाथ फेरेगा तभी तुम्हें कौआ की योनी से मुक्ती मिलेगी। आओ अब मैं तुम्हें अपने राजमहल ले

जाना चाहता हूँ। वहां की राजकुमारी बना कर रखूंगा। लेकिन मेरी माँ बहनों का क्या होगा?

मैं उन्हें भी अपने साथ ले चलूँगा। तब उसकी माँ ने सुना वह रो पड़ी चम्पा बेटी तू मुझे माफ कर दे। चम्पा को बहुत दिनों बाद माँ का प्यार मिला। वह गदगद हो उठी।

दरवाजे में बन्द खजाना

शामगढ़ एक छोटा सा राज्य था। राजा प्रतापसिंह न्यायप्रिय दयालु थे। वह प्रजा के साथ अच्छा व्यवहार था। प्रजा भी उनका आदर किया करती थी। पूरा राज्य पहाड़ियों और खाइयों से पटा था। एक बार उनके राज्य में बारिश नहीं हुई। अकाल जैसी स्थिति होने लगी।

राजकोष खाली होने लगा। तब राजा पड़ोसी देशों से कर्ज तक लेकर प्रजा की सुख सुविधा जुटाने लगे। तभी उनके दरबार में एक बालक आते ही बोला महाराज की जय हो। महाराज मैं रतनगढ़ का खजाना हासिल करना चाहता हूँ। बस आप आज्ञा दीजिए।

अरे बालक क्या तुम नहीं जानते कि वहां जाना कानूनी अपराध है। इस बात पर तुम्हें सजा भी मिल सकती है। मंत्री जी बोले।

मंत्री जी, मैं जानता हूँ। परन्तु मैंने सुना है। वहां अपार धन जमा है। मुझे इस राज्य से अपार स्नेह है। अगर मैं इस देश के लिए काम आ सकूं तो यह मेरा सौभाग्य होगा।

तब राजा ने कहा बेटा, मुझे तुम्हारी सोच पर गर्व है। परन्तु जो भी वहां गया है। आजतक लौटा नहीं है। फिर भी तुम वहां जाना चाहते हो तो मैं तुम्हें वहां जाने देना चाहता हूँ। सैनिक जितने चाहो साथ में ले जा सकते हो।

नहीं महाराज मैं बस एक घोड़ा चाहता हूँ। उसने फिर कहा।

वह बालक जिसका नाम कमल था। राजा से आज्ञा लेकर जंगल की ओर चल पड़ा। घनी पहाड़ियों खूंखार जानवरों से बचते बचाते कमल आगे बढ़ता ही गया। वह एक विशाल लोहे के दरवाजे को पार करते हुए रहस्यमयी गुफा में पहुँचा। जहां एक तांत्रिक रहा करता था। वह लालची और लुटेरा था। उसने अनेक राज्यों का अपने तंत्र मंत्र की शक्ति से लूटा

हुआ धन जमा करके रखा था। किसी को भी सम्मोहित कर लिया करता था शेर चीता तक को पालतू बना कर रखवाली के लिए तैनात किया था। खजाने तक पहुँच भी जायें तो जहरीले सांप बिच्छु के जहर से मारा जाता।

कमल निडर बालक था। वह हिम्मत जुटा कर विशाल दरवाजे को पार करता आगे बढ़ता है। जगह जगह नर कंकाल और उनके हाथों में सोना चांदी। वह और आगे बढ़ता है तो वहीं तांत्रिक का नर कंकाल दिखाई देता। जो एक हवन कुण्ड के पास पड़ा था। जरूर अपनी अघोरी कला से जो भी यहाँ आता उसे मार दिया करता होगा। छी कुछ धन के लालच में कितना घिनौना काम।

वह आगे बड़ा तो खजाना गहनों से भर पड़ा था। तब वह जल्दी ही एक पोटली भरकर काँधे पर रख कर बाहर आ जाता है। जहां उसका घोड़ा खड़ा था।

राजमहल में आकर सारा धन महाराज के हवाले कर देता है। उसकी ईमानदारी और सूझबूझ पर खुश होते है। तब से कमल वहीं अच्छे पद पर राज्य कि सेवा करने लगता है।

भलाई का फल

सधपुरा गाँव में एक किसान गुलाब अपने दो बेटों के साथ रहा करता था। एक का नाम मोहन और दूसरे का नाम श्याम था। वह दिल भर खेतों में काम करता था। उसे इस बात का दुख था। दोनों बेटे हट्टे-कट्टे थे। जवान होने लगे थे। परन्तु आलसी थे। कोई काम नहीं करना चाहते थे।

थक हार कर पड़ोसियों के कहने पर उनकी शादी इसलिए करा देते हैं कि शादी के बाद यह अपनी जिम्मेदारी निभाएंगे। लेकिन वह जैसे तैसे रहे। आवारा घूमना। गाँव में कहाँ क्या हो रहा है। उसकी जानकारी रखा करते थे। घर की दयनीय दशा गुलाब से देखी नहीं गई। वह परलोक सिधार गए।

तब तो बच्चों को अपनी गलती का एहसास हुआ। और वह कुछ काम की तलाश में निकल पड़े। धार्मिक प्रवृत्ति होने के कारण मोहन दिन भर भजन गा गाकर अनाज जुटाने लगा। लेकिन श्याम को यह बात रास न आई। वह चोरी करने लगा।

श्याम की गाड़ी अच्छी चलते देख दोनों भाई चोरी करने निकल पड़े। रास्ते में एक मंदिर में भजन होते देख मोहन तो वहीं रुक गया था। चिढ़कर श्याम अकेले ही चोरी करने चला गया। देर रात मोहन घर लौट रहा था। तभी उसका पैर किसी पोटली पर पड़ गया। उसमें सोना चांदी था। वह उन्हें छोड़कर घर आकर अपनी पत्नी को बतलाता है। वह खूब गुस्सा करती हैं। लेकिन वह कहता है। वह धन अपना नहीं है। जिद मत करो अपने नसीब में नहीं है। यह बात जब श्याम की पत्नी सुनती है तो श्याम झटपट रात को वह पोटली उठा कर लातें हैं तो उनमें सांप बिच्छु दिखते ही गुस्से में वह पोटली मोहन के छप्पर से नीचे फेंक आतें हैं। सुबह उठकर जब मोहन और उनकी पत्नी देखते हैं सांप बिच्छु तो नहीं लेकिन

ढेर सारा गहने मिलते हैं। वह ईश्वर को धन्यवाद करते हुए आधा हिस्सा अपने छोटे भाई और भला काम में लगा देते हैं। दोनों भाई मन लगाकर मेहनत मजदूरी करने लग जातें हैं।

कंकड़ पत्थर का खेत

चंदनपुर गाँव की जमीनें उपजाऊ थीं। वहां के किसान सम्पन्न थे। फिर भी दियाराम नाम का किसान गरीब था। क्योंकि उसकी पाँच एकड़ जमीन गाँव के मुखिया के यहाँ गिरवी रखी थी। उसके खेत के बीचों बीच नहर गुजरी थी, पानी की कोई कमी नहीं थी।

मुखिया ने उसको कुछ रुपया देकर अंगूठा लगवा लिया था। यही नहीं उसने अन्य लोगों को भी लालच देकर ओने पोने दामों में जमीनें हड़प लीं थीं। एक बार की बात है दियाराम लकड़ियां चुनने पास के जंगल में गया हुआ था। लकड़ियां एकत्रित करके वह एक झाड़ के नीचे बैठ गया सुस्ताने लगा। तभी एक बाज जमीन में छिपे खरगोश की ओर झपटने लगता है।

दियाराम बाज को ललकार कर वहां से भगा देता है। तभी वह खरगोश की बजाए एक सुन्दर पंखों वाली परी देखते ही दंग रह जाता है। आपने मेरी जान बचाई थी आपकी एहसानमंद हूँ। बोलो मैं तुम्हारी क्या मदद कर सकती हूँ।

दियाराम ने अपने दादा से परियों के बारे में कहानी सुना करता था। वह अपना रूप बदल सकतीं हैं। तो क्या तुमने अपना रूप खरगोश का बदला था।

हाँ मैंने हरी हरी दूबा देखकर आसमान से उतरते ही अपना यह हुलिया बना लिया था। मुझे क्या मालूम था कि बाज झपट पड़ेगा, मेरी जादूई छड़ी झाड़ के पास छूट गयी थी। खैर आप वक्त पर आ गये मेरी जान बच गईं। अब मुझे वापिस परी लोक जाना है। बोलो आपको क्या चाहिए।

आप मुझे उस पापी मुखिया से मेरी जमीन दिलवा दो। आपका बड़ा एहसान होगा। तब परी ने दो पत्ते तोड़कर उनमें जादू की छड़ी घुमा कर

देते हुए बोली इन्हें मुखिया जी के घर के आसपास कहीं भी रख देना। फिर देखना इन पत्तों का कमाल हँसते हुए परी आसमान की ओर उड़ गईं।

दियाराम गाँव आकर ऐसा ही करता है। और घर आकर थका हारा सो जाता है। तब सुबह सुबह मुखिया जी चीख कर बोले अरे दियाराम गोपाल काका भोलू भैया सब अपनी अपनी जमीनें बोओ बखरो। अपने अपने कागजात ले जाओ। तुमने पूरा पैसा अदा कर दिया है। मुझे माफ कर दो। क्योंकि तुम्हारी जमीनें कंकड़ पत्थरों से भरी है। जैसे वह पागल सा हो गया था। इस बात को बस दियाराम ही समझ पाया था। उसने आसमान की ओर हाथ जोड़ कर मन ही मन परी का धन्यवाद दिया।

तितली हुई बदरंग

चंचल वन रंग बिरंगे फूलों से महका करता था। जिसमें नचीता नामक तितली रहा करती थी। उसके सतरंगे पंख चमकीले थे। अन्य तितलियाँ उसकी सुन्दरता से जला करती थीं।

नचीता सरल स्वभाव की भोली भाली थी। उसी वन में चमचम तितली भी रहा करती थी। उसके कटे फटे पंख कर्कष आवाज को सुनकर हर कोई उससे दूर भागा करता था। अकसर उसकी हंसी भी उड़ाया करती थी।

शरद ऋतु आते ही केशू भंवरा ने ऐलान किया। पूनम की चाँदनी रात में एक प्रतियोगिता होगी। उसमें जो भी अपनी सुन्दरता बिखेरेगा। उसे प्रथम स्थान के साथ साथ चिनकू मधुमक्खी की ओर से एक दोना शहद भी इनाम में मिलेगा। शहद का नाम सुनते ही सबके मुँह में पानी भर आता है। ईनाम बड़ा था। इसलिए तितलियों में सजने संवरने की होड़ सी लग गई।

चमचम को मालूम था। बाजी नचीता मार ले जायेगी। इसलिए कपटी चमचम नचीता को बहाने से काली गुफा में ले जाकर मेकअप के बहाने बोली, नचीता तुम्हें अगर प्रथम आना है तो उस काली गुफा में चलना होगा। नचीता उसकी बातों में आकर चली जाती है। अंधेरी गुफा में जाते ही नचीता के पंख एकदम काले काले हो जाते हैं। वह रोने लगती है। चमचम अपनी सफलता पर बेहद प्रसन्न होती है।

जब प्रतियोगिता होती है। सतरंगे पंखों में काला रंग अपनी अलग छटा बिखेरता सबको पसन्द आया। और नचीता को चुना गया। जब उसे शहद भरा दोना मिला। वह चमचम को देती है। चमचम अपनी गलती पर शर्मिन्दा होती है। वह भी कपट भावना त्याग देती है।

आसमान में उड़ी पतंग

सूरज धीरे धीरे डूबता जा रहा था। लेकिन संदीप की पतंग अभी तक आकाश में लहरा रही थी। पक्षियों का झुण्ड उड़ाने भरता जा रहा था। संदीप डोर थामें मुस्कुराता हुआ आकाश पर टंगी पतंग को देख रहा था। अपनी सफलता पर मन में प्रसन्न था।

यार- संदीप अब पतंग नीचे उतार लो। शाम हो रही है। घिरनी पकड़े वह बोला। आज तो तीन पतंग भी काट ली।

मजा आ रहा है। अम्मा की डाँट सुन लेंगे। खैर नाराज न हो। और वह पतंग की डोरी नीचे की ओर खींचने लगा।

घर आते ही संदीप चुपके से पतंग को अलमारी में छिपा कर छोटी बहन अंजू को खिलाने लगा। माँ उसे देखते ही बोली क्यों तुझे कितनी बार समझाया। अब पतंग खेलने का समय नहीं है। पढ़ाई लिखाई पर बिल्कुल भी ध्यान नहीं दे रहा है। ठहर तेरे पापाजी को आफिस से आने दे तेरी शिकायत करनी ही पड़ेगी। क्या तू भूल गया कि कल सरला आंटी का नमन पतंग लूटने के चक्कर में गिर गया था। उसके सिर में पूरे पांच टांके आये हैं।

संदीप बोला माँ मुझे माफ कर दे अब कान पकड़ता हूँ। कल नहीं जाऊँगा। और बाथरूम में हाथ मुँह धोने चला गया। उसदिन उनके मोहल्ले में पतंग प्रतियोगिता का आयोजन हो रहा था। भला संदीप क्यों पीछे रहता उसने स्कूल नहीं जाने का बहाना बनाकर चार बजे का इंतजाम करने लगा।

संदीप चुपके से पतंग के मैदान में पहुँच चुका था। उस समय नीली पतंग को लाल पतंग से धर दबोचा था नीली पतंग आसमान में लहराती हुई चंदन काका की हवेली में जा अटकी पतंग लूटनेवालों में संदीप सबसे आगे था। वह लम्बी ऊंची दीवार को बन्दर की तरह कूदता फांदता हुआ

पतंग तक पहुँच तो गया परन्तु वह अपना संतुलन खो देता है। और धड़ाम से नीचे फर्श पर जा गिरता है। उसकी कमर में गहरी चोट लगते ही चीख कर बेहोश हो जाता है। जब उसे होश आता तो अस्पताल में माँ पापा के साथ डॉक्टर खड़े मिलते हैं। अपराध बोध से वह सिर नीचा करके हाथ जोड़ लेता है। संदीप को उस दिन सबक मिला। बड़ों का कहा मानना चाहिए।

तालाब में भैंसा नाचा

चंपा वन में एक विशाल तालाब था। जिसमें साल भर पानी भरा रहता था। इस बार तेज गर्मी थी। तालाब धीरे धीरे सूखने लगा था। नाम मात्र को पानी बचा था। तब आसपास के पशु पक्षी प्यास से बेहाल होने लगे थें। परन्तु कमल भैंसा को इन सबसे क्या लेना देना। दिन भर वह तालाब में लेटा रहता। और बाहर निकलते समय गोबर छोड़ जाया करता।

अगर कोई उससे शिकायत करता या समझाता। तो वह नथुने फुलाकर सींग मारते हुए ललकारा करता था। तब आनन्द बन्दर ने सोचा इसकी दादागिरी अब नहीं चलने दूंगा। इसे मजा चखाना ही होगा।

एक दिन की बात है। कमल आराम से अपना काला कलूटा बदन ठंडा करने के लिए पानी में लेटा था। किनारे पर मोती हिरन सोनू खरगोश डाल पर आनन्द बन्दर बैठे यह नजारा देख रहे थें। तभी कमल हिलने डूलने लगा। उठक बैठक लगाकर चीखने चिल्लाने लगा। कभी वह पूंछ पटकता कभी खुर मारता। जैसे पानी में नाच रहा हो।

कोई भी यह समझ नहीं पाया की कमल को आखिर क्या हो गया। सिवा आनन्द के। कमल बोला अरे आप सभी मेरा मजा देख रहे हो कोई मुझे बचाओ। और तालाब से बाहर निकल कर एक झाड़ से अपनी पीठ रगड़ने लगा। आनन्द बोला क्यों दादाजी आप तो अकेले ही नहाने का मजा ले रहे थे। कभी कभी मजा भी सजा हो जाती है। आनन्द बेटे तू ही मेरे पास आ। देख तो ससुरी कितनी जोंकों ने मेरा खून चूस लिया है। कमल के नाचने की बात सबको समझ आई थी, सब कमल का मजाक उड़ाने लगे। तब आनन्द ने जोंको को सहायता के लिए धन्यवाद देते हुए उन्हें दूर करने की कोशिश करने लगा। मुसीबत में सभी को मिलजुल कर साथ निभाना चाहिए और डटकर मुकाबला करना चाहिए तभी तो एकता की जीत होती है।

झबरा लंगूर

भावना का घना जंगल। कालू लंगूर अपने परिवार के साथ रहा करता था। वह समझदार और निडर था। अपने समुदाय का बड़ी चतुराई से जंगली जानवरों से रक्षा करता था। इसलिए सभी लंगूर उसे अपना सरदार मानते थे। कालू को अपने बेटे चीलू और मीनू से बेहद प्यार था। दोनों उधमी थे। अगर किसी के यहाँ नन्हा बच्चा हुआ करता। कालू स्वयं उसे झाड़ों पर उछलना कूदना सिखाया करते थे।

झबरा लंगूर आलसी और कामचोर था। वह दूसरों की तरक्की देखकर जला करता था। कालू से मन ही मन चिढ़ा करता था। लेकिन सरदार होने के कारण इज्जत करना पड़ता था। झबरा की छोटी बच्ची भी थी। नाम था झुनिया। उसकी लापरवाही से बेचारी कमजोर हो गई थी। वह झुनिया को ताजे बेर तक लाकर नहीं दे पाता था।

साल में एक बार लंगूरों के बच्चों का खेल होता था। जिसमें जो भी डाल चुका समझो उसे समुदाय से अलग तक कर दिया जाता था। उस दिन सुबह ही घने आमों के झाड़ पर ढेर सारे लंगूर इकट्ठे हो गये। सभी बहुत खुश थे। छिलछिवा का खेल देखने भोला खरगोश चिकचिक चुहिया और अनेक चिड़ियाँ भी एकत्रित हुईं। खेल शुरू होने के पहले बड़े बूढ़े लंगूरों को पतली और नाजुक डाल पर बैठा दिया जाता था। ताकि कोई बच्चा गिरने लगे तो उसे तुरंत संभाल दिया जाये। झबरा को एक डाल पर बैठा दिया। झबरा के चेहरे पर कुटिल मुस्कान थी।

जब खेल शुरू हुआ छपा छप लंगूर इधर से उधर कूदने फांदने लगे। आमें के बीच जंगल में ही मेला लग गया हो। खूब पत्तों की चरमराहट हो रही थी लेकिन अभी तक कोई बालक डाली नहीं चूका था। न ही किसी को चोट आई। सभी को आनंद आ रहा था।

अचानक मीनू जैसे ही झबरा की डाल पर छलांग लगाकर जा रहा

था कि डाल टूट गई लेकिन मीनू ने गजब की फुर्ती से एक पतली डाल को पकड़ कर दूसरी मजबूत डाल पर जा बैठा। सभी उसकी कलाबाजी पर मुग्ध हो गये। परंतु झबरा उसी डाल के साथ धड़ाम से नीचे गिर पड़ा। सरदार ने उसे फुर्ती से उठाया तब झबरा बोला मुझे माफ मत करना। मैं मीनू बेटा को गिराने के लिए उस डाल को पहले ही कुतर रहा था। लेकिन मैं खुद ही गिर पड़ा। सच बोलने पर कालू खुश हुआ। उसने झबरा को माफ कर दिया। उस दिन से झबरा भी सरदार को चाहने लगा।

चल मेरे घोड़े टप-टप

खलमल आलसी घोड़ा था। जब भी उसे तांगे में जोता जाता चलते समय वह अपने खुरों को टप-टप करता जैसे ढेर वजन लटक रहा हो, वह रो रोकर किसी तरह मंजिल पार किया करता था। उसका मालिक गुस्से में कभी कभी चाबुक बरसाता... हुर्र ...पहिए में लकड़ी लगाकर खटट करता। उसे आगह करता। चल मेरे भाई तुझे दाना पानी हरी घास खिलाऊँगा। परन्तु खलमल का वही रोने की आदत है, जब कभी उसे चारा मिलता खाने के लिए ऐसे टूट पड़ता जैसे कई दिनों का भूखा हो। वैसे भी उसका मालिक पूरा पूरा ख्याल रखा करता था।

उसके शरीर की सफाई करता खर्रा लगाता। एक बार की बात है मालिक बहुत बीमार पड़ गया। घर की हालत बिगड़ने लगी। खलमल भी भूखा रहने लगा। तब उसका बेटा राजू खलमल को घांस चराने पास के जंगल में ले गया। खलमल हरी हरी घास और ठंडी हवा में उछलने कूदने लगा। जब राजू एक नदी में मछली पकड़ने का प्रयास कर रहा था। तभी खलमल उसे चकमा देकर बहुत दूर भाग खड़ा हुआ। वहाँ की आजादी उसे बेहद भली लगी।

वह सोचने लगा। अब कभी उस घुड़साल में नहीं जाऊँगा। लीद की बदबू, मक्खी, दिन भर स्टेशन बाजार, घर, लोगों यात्रियों को ढोना, वह बुरी तरह थक जाया करता था। परन्तु यहाँ किसी बात की चिंता नहीं वह जोर से हिनहिनाया।

जब शाम घिरने लगी। अंधेरा बढ़ने लगा। अनजान जगह अब उसका मन घबराने लगा। इधर राजू ने उसे बहुत खोजा परन्तु वह नहीं मिला वह अपने घर वापिस लौट गया। तभी कलंग शेर की दहाड़ जंगल में गूँज उठी, सारा जंगल कांपता नजर आया। भैंसा तो उसे पैने सींग लेकर मारने

दौड़ा उसने वहाँ से भाग कर अपने आपको बचाया। फिर जंगली कुत्तों ने घेर लिया। भागने पर एक पिल्ले ने उसकी पूँछ ही चबा डाली। दर्द से वह बिलबिला उठा। दहाड़ते शेर से बचने के लिए एक पहाड़ी की ओट में छिप कर जान बचा पाया।

जब किसी तरह सुबह का सूरज उगा वह शहर की ओर भागा। मन में सोचने लगा। इन सबसे तो उसका मालिक ही अच्छा है। उसके मालिक के पास पहुँचते ही घर भर में खुशियाँ छा गईं। तब से खलमल ने आलस्य छोड़कर मेहनत करने लगा।

तारा

प्रतापसिंह शहर के जाने माने वैज्ञानिक थे। वह नई नई खोज किया करते अपने देश की तरक्की और विकास के लिए अपना योगदान दिया करते थे। उनका सहायक विजय आनन्द सरल स्वभाव का होनहार किशोर युवा था जो अपने बास को नई तरकीबों से अवगत कराया करता था। एक दिन प्रतापसिंह बोले विजय बेटा तुम्हारे कार्य पर गर्व है। आजकल आये दिन बिजली की समस्या प्रकाश की कमी और प्रकाश की रौशनी में जहरीले कीड़ों के कारण प्रदूषण।

जी हाँ सर विज्ञान के चमत्कारों को कुछ लोग दुरुपयोग करने लगे हैं। पर्यावरण से छेड़छाड़ करना नुकसानदायक हो रहा है।

विजय हमें एक मिशन पर चलना है। उस नये ग्रह की तलाश करना जरूरी है वह आकाश मण्डल का प्रकाश ठण्डा होना चाहिए ऐसा मेरा अनुमान है निश्चय ही मानव जाति को लाभदायक होगा। मैं चाहता हूँ कि तुम भी मेरे साथ चलो। जीव द्रव्यों की खोज करने में मेरी मदद करो।

विजय और प्रतापसिंह दूसरे दिन अंतरिक्ष की यात्रा पर निकल पड़े। यह ग्रह शीतल प्रकाशित तो था परन्तु जीवन का अभाव था। अवलोकन करते समय एक प्रकाश पुंज के दूधिया उजाले में उसकी आँखें चौंधिया गईं। यह एक नन्हा सा तारा था। विजय उसे देखते ही सहम गया। एक विचित्र बीप बूम की आवाज आ रही थी। और जाने कब वह तारा विजय के जेब में घुस गया जिसका आभास उसे नहीं हो पाया।

प्रतापसिँह ने वहाँ के कई नमूने हासिल किये। उन्हें यात्रा में सफलता हाथ लगती नजर आई। जब विजय विज्ञान कक्ष से वापिस अपने घर आया उसी समय बिजली गुल हो गई सारा शहर अँधकार में डूब गया।

विजय उस वक्त आश्चर्यचकित रह गया। जब उसके जेब से तेज प्रकाश कमरे में दूधिया बल्ब ही तरह जल कर सारे घर को रौशनी से

भर देता है। घर परिवार के लोग यह बात नहीं समझ पाये परन्तु विजय के दिमाग में एक बात कौंध गई, अरे इस प्रकाश को तो मैंने अँतरिक्ष में देखा था। वह सोचने लगा तो क्या वह तारा मेरे साथ ! उसने अपने जेब में हाथ डाला तारा जैसे ही बाहर आया। सारे शहर में बिजली जल उठी। जबकि बिजली विभाग ने बड़ा फाल्ट बता कर चार घण्टे बाद बिजली आने की सभांवना व्यक्त की थी। आखिर ऐसा किसने किया।

विजय मन में सोचने लगा। इसी प्रकाश की तलाश में वैज्ञानिक दिन रात शोध कर रहें है। वह सीधा प्रतापसिंह जी के पास जाकर सारी बातबता देता है। उसकी बात सुनकर वह बेहद प्रसन्न होते हैं। तो क्या आकाश से हमें इस तरह प्रकाश धरती पर भी प्राकृतिक रूप से मिल सकेगा। वह बोले लेकिन विजय अभी हमें सारी जानकारी के बाद ही सबको यह प्रयोग बताना होगा। नहीं तो हमारा विश्वास तो उठेगा ही साथ ही दुरुपयोग भी कर सकते हैं। वह तारा दिखाने लगा। वह चौंक पड़े अरे इसकी शक्ति तो खत्म होने लगी है हमें जल्दी ही फिर से अंतरिक्ष में इसे छोड़ने जाना होगा ताकि हम सूरज की रौशनी की तरह इस शीतल प्रकाश तंरगों से लाभ ले सकें।

जब वह उस तारे को लेकर अंतरिक्ष में पहुँचा.... तारों भरी बारात.... कितना मनोहरी दृश्य था। वह तारा भी प्रकाशित हो चुका था।

जुगनूओं का आशीर्वाद

पनारी नामक एक गाँव था, उस गाँव में अधिकांश लोग गरीब थे। भगत नामक एक मालगुजार था। जो बेइमान था। वह सोचता सारी जमीन जायदाद मेरे अलावा और किसी की न हो। धन्ना सेठ बनना चाहता था। चारों तरफ झुग्गी झोपड़ी और भगत की आलिशान कोठी थी।

कबीर नामक एक गरीब चरवाहा भगत के जानवरों को जंगल में चराने ले जाया करता था। एक बार एक रीछ से मुकाबला करते कबीर जख्मी हो गया पैर चलने में असमर्थ था। तब उसका बेटा राम फल गाँव के सारे जानवरों को चराने ले जाने लगा।

वह दयालु थे दीपावली का त्यौहार आते देख एक दिन राम फल रास्ते भर सोचता रहा, गाँव भर के लोग खूब मिठाइयां बनाएंगे। पटाखे चकरी चलाएंगे, दीये जलाएंगे।

मेरे घर तो कुछ नहीं है, रूपया सामान खरीदने के लिए कहाँ से आयेगा। क्या मेरे घर में अंधेरा रहेगा? वह गायों को चरने छोड़ कर उदास बैठा था। तभी जुगनुओं की रानी ने आकर पूछा रामफल तुम उदास क्यों हो? मेरे पास पैसे नहीं हैं, कैसे त्यौहार मनाऊँगा?

अरे, तो चिंता न करो हम ही कुछ इंतजाम कर देते हैं और रानी जुगनू जाने कहाँ चली जाती है।

और जब वापिस आती है तो उसके साथ अनेकों जुगनु होते हैं। सभी अपने अपने पँखों से एक एक मोती रामफल के सामने गिरा कर बोलते हैं, रामफल तुम नेक दिल हो इसलिए हमारी ओर से यह तोहफा स्वीकार करो सारे मोती अपनी जेब में भरते हुए वह उनका धन्यवाद देता है।

उन मोतियों को बेचकर वह मालामाल हो जाता है। घर में सब कुछ खरीद लेता है। गाँव में उसका घर जगमगा उठता है। भगत की हवेली भी

जब फीकी पड़ जाती है तब रात में हजारों जुगनू उसके आँगन में आकर उजियारा फैला देते हैं। भगत साहूकार उस दिन से घमंड छोड़ कर गाँव वालों की भलाई में साथ देने लगता है।

चील को सबक

नन्दन वन में तोतों का झुण्ड रहा करता था। उनका सरदार लोकेश सबकी देखभाल सूझबूझ के साथ किया करता था। उसके साथ रहने से किसी को कोई तकलीफ नहीं हुआ करती थी।

फिर भी एक शाम झुनझुन पहाड़ी के फल फूल खाते पीते अपने झुण्ड के साथ उड़ते उड़ते अपने रैन बसेरा की ओर आ रहे थे तभी सबसे पीछे उड़ता पारस तोता अचानक टै टै.... करता चीखा..... अरे देखो वो चील पुलक तोता को अपने पंजे में दबोच कर पहाड़ी की ओर उड़ गयी है।

चिंता न करो। हम पुलक को खोज लेतें हैं। धीरज बंधाता लोकेश पहाड़ी की ओर उड़ गया। लेकिन उस चील का कहीं पता नहीं चला। रात होने तक सरदार अपने परिवार में आ गया। सभी तोते उदास मन से विशाल झाड़ की टहनियों में सुस्ताने लगें।

सुबह जैसे ही सूरज की किरने फूटीं सारे तोते उड़ान भर कर खेतों बगीचों की ओर जा रहे थे। परन्तु लोकेश अपने दोस्त चकमक बन्दर के पास आकर बोला दोस्त मुझे तुम्हारी सहायता की जरूरत है।

हाँ हाँ भैया, आप बहुत दिनों से आए भी नहीं, बताओ मुझे क्या करना होगा?

तब लोकेश चील के अत्याचार की बात सुना देता है। सारी बात सुनने के बाद चकमक उससे कहता है। उदास होने की जरूरत नहीं है। मुसीबत में हौंसला रखना चाहिए। कल जैसे ही चील फिर से हमला करेगी। तुम सभी एक जुट होकर ललकारते हुए घनी छाया की ओर लेकर जमीन पर दुबकते हुए फुर्ती से मैदान की ओर उड़ जाना मैं मौका साधकर उसे अपने जाल में फंसा लूँगा।

दूसरे दिन जैसे ही चील हमला बोलने उनकी ओर झपटती है। सारे

पंछी उसे डर दिखाते हुए चकमक को विशाल झाड़ों की ओर लेकर फर फर उड़ते खुले मैदान की ओर उड़ जातें हैं। तभी चकमक उस चील को अपने जाल में फंसाकर हाथी दादा को सौंप देता है। चील बड़े बड़े पंख फड़फड़ाते हुए चीखने लगती है। दादा उस शैतान चील को अपनी सूंड में लपेट कर दूर गहरी खाई में फैंक आता है। चकमक की बुधिमानी से तोते स्वतंत्रता से रहने लगते हैं। फिर कभी चील उन्हें दिखाई नहीं देती।

साहसी नेहा का कमाल

होली चिल्ड्रन स्कूल में नेहा नाम की एक बालिका पढ़ा करती थी। वह एक भी सहेली नहीं बना पाई क्योंकि उसे किसी से बात करना पसन्द नहीं था। गुमसुम सी रहा करती

नेहा को अगर कोई चिड़ाती तो वह गुस्सा करने की बजाए बस उसे टुकुर टुकुर देखा करती और छुट्टी होने पर बस में आ बैठती। नेहा को छिपकली से बेहद डर लगता। एक बार उसके छोटे भाई दीपक ने नकली छिपकली लाकर उसके बिस्तर पर लाकर रख दी। जैसे ही नेहा की नजर उस पर पड़ी, चीख कर रोने लगी।

उस दिन पापा ने दीपक को डांटते हुए कहा बेटा, अपनी बहन को परेशान करते तुम्हे शर्म आनी चाहिए। आज के बाद बच्ची को सताया तो ठीक बात नहीं होगी। अपनी गलती पर दीपक चुपचाप वहाँ से दूसरे कमरे चल देता है।

सोमवार का दिन था। नेहा की एक सहेली दीपा भी थी। वह चुलबुली थी। दोनों अकसर मिलती तो मुस्कुरा पड़तीं। वह नेहा की आदत से परिचित थी। इसलिए उसे नहीं सताती। लँच लेते समय अचानक एक काला सर्प बगीचे से निकल बच्चियों की ओर सरसराता चला आ रहा था। सामने दीपा को देखकर अपना जहरीला फन उठा लेता है। सारी बच्चियां डर जातीं हैं।

चीख पुकार सुनकर कमरों से कर्मचारियों के साथ साथ प्रिंसिपल भी आ जातें हैं। आते ही दहशत का माहौल देखकर वह भी घबरा जातें हैं। फिर हिम्मत जुटा कर ललकार कर बोले, बच्चों चिंता न करो दूर हट जाओ। अरे रामू काका इसे पकड़वाने में मदद करो।

रामू के हाथ पैर कांप जाते हैं। बस इतना कह पाता है। अरे,

महाराज आज शिवजी का दिन है यहाँ से चले जाओ। सर्प चारों तरफ से भीड़ देखकर निकल भागने की फिराक में नेहा की ओर सरका तब नेहा में जाने कहाँ की निडरता आ गई थी। उसने झटपट सर्प की पूंछ पकड़ कर तेजी से गोल गोल घुमा कर बगीचे की ओर फेंक दिया। सभी सहेलियां उसके साहस की तारीफ करते हुए तालियां बजाती हैं।

शाबाश बेटी नेहा, आज तुमने हम सबको मुसीबत से बचा लिया। इस साल का साहसी पुरुस्कार नेहा बिटिया को दिया जायेगा। प्रिंसिपल ने हंसते हुए कहा बच्चों चलो सावधानी से अपने अपने कमरों में जाओ। और रामू काका आसपास की घास को अपने साथियों के साथ साफ करो।

सबसे अपनी बड़ाई पाकर नेहा का उस दिन से डर जाता रहा अब स्कूल में उसकी ढेरों सहेलियां थीं।

जोखिम भरा काम

धूपगढ़ के घने जंगल में गिफटी हिरनी अपने परिवार के साथ रहा करती थी। उसका इकलौता नन्हा बच्चा कागद भी उसके पास ही रहता। उसी वन में हैप्पी शेर का आतंक समाया रहता। वह निरीह जीवों को बड़ी बेरहमी से शिकार किया करता था।

एक दिन की बात है गिफटी बैरी की घनी झाड़ियों में कागद के साथ धूप सेंक रही थी। वह बीमार थी। चोट लग जाने के कारण चलने में असमर्थ थी। कागद अपनी माँ के आसपास उसकी देखभाल कर रहा था। तभी उसकी माँ ने कहा बेटा, मुझे प्यास लगी है। इस समय हैप्पी यहाँ वहाँ घूमता है। इसलिए तुम इसी झाड़ियों में छिपे रहना मैं तालाब से पानी पीकर अभी आई।

कागद ने तालाब से पानी पीते हुए उसकी माँ की तेज आवाज सुनी। तभी गिफटी की जोरदार चीखने की आवाज भी आई। हैप्पी दहाड़ता हुआ उस पर हमला कर देता है। वह बेचारा माँ .... माँ ..! पुकारता रह जाता है।

अपनी माँ से बिछड़ने के बाद वह चौकन्ना हो गया था। अब तो वह खुद भी हट्टा कट्टा हो गया था। कागद का एक ही मकसद था। अपनी माँ के अन्त का हैप्पी से बदला। बदला लेने का काम जोखिम भरा था। फिर भी उसने हिम्मत न हारी, वन में इधर उधर घूमता रहता, सोचता रहता कैसे हैप्पी से बदला लिया जाए।

इधर जब से हैप्पी ने कागद का माँसल मोटा शरीर देखा है उसको खोजने के चक्कर में मौके की तलाश में रहा करता था। तब कागद ने हिम्मत जुटा कर हैप्पी को झांसा देते हुए उसे उस इलाके की ओर ले गया जहाँ अकसर दलदल था। एक बार कोई उस में फँस जाये तो बाहर निकलना मुश्किल था।

लालचवश हैप्पी उसके पीछे पीछे छलांग लगाता हुआ भागा जा रहा था। परन्तु कागद हल्का फुल्का दलदल के किनारे किनारे बड़ी सावधानी से अपने खुर रखता हैप्पी से बचता बचाता चौंकड़ी भर रहा था। घमण्ड में चूर हैप्पी को पता ही नहीं चला कब वह गहरे दलदल में उलझ गया और उसमें फंस कर जोर जोर से दहाड़ने रोने लगा। अब उसे बचाने वाला कोई नहीं था। कागद को अपनी माँ का बदला लेने में बड़ी राहत मिली। हैप्पी धीरे धीरे दलदल में डूब गया और कागद अपने अन्य हिरनों के झुण्ड में जा मिला।

मनन की चतुराई

चचंल वन में जोरदार आंधियाँ चलने लगी। वन के बड़े छोटे पेड़ पौधे हवा में थर थर कांपते हिलने डुलने लगे। झाड़ पर बैठा मनन तोता बोला जल्दी ही बारिश होने वाली है। इसलिए सभी पानी से छिपने की जगह घोंसले बना लें वरना बरसात के पानी में तकलीफ उठाना पड़ेगी।

हाँ, भैया खेतों में फसलें कट चुकीं हैं। अनाज के दानें हम बरसात के समय बचाकर रख सकतें हैं। कबूतर काका ने सभी पक्षियों को समझाते हुए कहा।

उसी दिन से सजल कठफोड़ा अपनी कठोर लम्बी चोंच से आम जामुन के झाड़ों में ठक-ठक करते खोह बनाने लगा। सुनबुन चिड़िया भी अपना घोंसला बनाने लगी वह कुछ ही दिनों में अपने अण्डे देना चाह रही थी।

कनक कोयल से मनन ने कहा बहन, तुम भी तो अण्डे देने वाली हो। फिर इधर उधर कूंकती रहती हो क्या तुम्हें चिंता नहीं है।

मैं और मेहनत? आलसी कनक ने जवाव दिया, उसने मनन की बातों को मजाक में उड़ा दिया।

परन्तु कुछ समय बाद कनक को महसूस हुआ मैं अण्डे देना चाहती हूँ । वह कठफोड़ा काका के पास जाकर अपनी समस्या बतलाई।

काका बोले बेटी, तुम तो जानती हो मेरा कितना बड़ा परिवार है। रिमझिम पानी में वह सब कहाँ जाएंगे। माफ करना।

जिसके पास गई, किसी ने उसकी मदद नहीं की तब मनन बोला पवन कौआ का घोंसला मजबूत है। वह भी शायद मना कर दे इसलिए मेरी सलाह है कि जब वह खेतों में भोजन की तलाश में जायेंगे तुम चुपचाप अपने अण्डें रख देना। और दूर से ही उनकी देखभाल करते रहना।

कनक ने ऐसा ही किया। जब पवन और उसका परिवार बाहर खाने की तलाश में गए, चुपके से कनक उसके घोंसले में अण्डे देकर आ गई।

जब पवन वापिस आया उसकी पत्नी को पता ही नहीं चला कि कनक के अण्डे भी शामिल हैं। वह प्यार से उन अण्डों को अपना समझ कर सेने लगी।

कुछ समय बाद पानी बरसना बन्द हो गया। और कनक के अण्डों से बच्चे निकल कर उड़ गए। जहाँ कनक उन्हें प्यार से उड़ना सिखा रही थी। अब उसने बच्चों की खातिर आलस्य त्याग दिया और बच्चों का पालन पोषण करने लगी।

मेहनत का फल

चम्पई वन में गदगद नामक एक बारहसिंगा रहा करता था। हट्टा कट्टा ऊँचा, सिर पर ढेरों पैने पैने सींग जो उसकी ताकत थी। दुश्मन को इन्हीं सींगों से हरा दिया करता था। जब वह तेज दौड़ता, चौकड़ी भरता कोई भी नहीं जीत पाता। उसके सगे सम्बन्धी उसकी तारीफ करते नहीं थकते थे।

गदगद अपनी बड़ाई सुनकर सोचने लगा मुझसे बलशाली कोई नहीं। उसे अपने आप पर घमण्ड होने लगा। दिसम्बर का महीना आते ही जंगल में नये पौधों में नन्हीं नन्हीं कोंपले आने लगती। वन हरा भरा हो जाया करता था। तब उसी समय शेरू और गब्बर चीता को छोड़कर दौड़ प्रतियोगिता हुआ करती थी।

हर बार की तरह इस बार भी प्रतियोगिता आयोजित होने जा रही थी। गदगद को पता था। इस बार भी जीत मेरी ही होगी इसलिए वह दिन रात घास पत्तियां खा खाकर मोटा हो चला था। तनिक दौड़ता तो उसकी सांस फूलने लगी थी। परन्तु वह तो मद में चूर व्यायाम ओर दौड़ने का अभ्यास भी छोड़ चुका था।

चमचम खरगोश ने उससे कहा अंकल, आप अपने शरीर का ख्याल क्यों नहीं रख रहें हैं। नियम से रहना हम जीवों की आदत है।

चमचम बेटे अपनी सलाह अपने पास रख, चल भाग यहाँ से। अपना काम कर किसी दूबा को खाकर अपना पेट भर ले...! गुस्से से गदगद बोला। डाल पर बैठा परन तोता टें टें करता गदगद का मजाक उड़ाने लगा।

सरपट हाथी ने सभी को बुला कर कहा, अबकी बार क्यों न साइकिल प्रतियोगिता की जाए। सभी के पास आजकल साइकिलों की कमी नहीं हैं।

हाँ हाँ क्यों नहीं पैदल दौड़ तो सबने देखी है। नई दौड़ में बड़ा मजा

आयेगा, समान रूप से अपनी अपनी कला का प्रदर्शन कर पायेंगे। चंपक हिरन ने कहा सभी ने सरपट हाथी की बात का समर्थन किया।

उसी दिन से प्रतिभागियों ने साइकिल पर अभ्यास करना शुरू कर दिया। उसी वन में समरथ नामक भालू भी था। जो हर बार गदगद से हार जाया करता था अब की बार साइकिल दौड़ का सुनकर उसे अच्छा लगा क्योंकि वह साइकिल बहुत अच्छी चला लेता था। अभ्यास करने के पहले वह छिपकुल बंदर के कटिंग सैलून गया। जाते ही वह बोला भैया मेरी आँखों के सामने ये बाल आ जाते हैं। इन्हें काट दो तो सामने का अच्छी तरह दिखाई देने लगेगा।

छिपकुल ने सूझबूझ से उसकी कटिंग कर डाली जब दौड़ शुरू हुई। सरपट ने कहा अरे गदगद तुम्हारी साइकिल कहाँ है। क्या तुम बिना साइकिल के दौड़ लगाओगे?

हाँ, काका जी मुझे अपने पैरों पर विश्वास है। चलो प्रतियोगिता प्रारम्भ किजिए।

सरपट ने हरी झंडी बताकर दौड़ प्रारम्भ करवाई। पहले तो गदगद इतना तेज दौड़ा की दर्शक देखकर दंग रह गये। लेकिन उसका एक सींग झाड़ी में फंस गया। उसे निकालने के चक्कर में समरथ की साइकिल आगे निकल गई। उसकी मेहनत और लगन काम आई। उसने प्रथम स्थान पाया गदगद का घमण्ड चूर हुआ।

मददगार

कानन वन में ढोलू नामक एक चीता रहा करता था वह अच्छा शिकारी था। किसी भी जीव को झटपट पकड़ कर काम तमाम कर दिया करता था। परन्तु वह न्यायप्रिय था। कमजोर जीवों की मदद करता और दुष्ट जीवों को सजा देकर अपनी भूख मिटाया करता था।

उसी वन में छमछम नामक लाल मुँह का हट्टा कट्टा बन्दर भी रहा करता था। वह चंचल और चालाक था। हर किसी पर अपनी धाक जमाया करता था। तभी तो उसने सात आमों के वृक्षों पर अपना कब्जा जमा कर रक्खा था।

जब कभी भोलू कौआ और तोता उन डालों पर बैठना चाहते छमछम खों खों ...करते अपने पैने दांत निकाल कर उन्हें वहाँ से उड़ा दिया करता था और तो और चम्पू खरगोश, फरफर हिरनों के परिवार तक को कई बार भगा दिया करता था।

एक बार की बात है। चम्पू थका हारा आम की छाँव में कुछ देर सुस्ताने लगा तभी छमछम आकर उसके गाल पर एक झापड़ मारते हुए बोला तुझे कितनी बार समझाया यहाँ रुकने की इजाजत नहीं है। फिर भी.......और दूसरा चांटा भी जड़ देता है।

चम्पू दर्द से तिलमिला जाता है। भैया बिना मतलब के मुझे क्यों मारते हो मैं वैसे ही अपने बेटे को खोजता फिर रहा हूँ। जाने कहाँ खो गया है। चल भाग यहाँ से बड़ा आया। आज के बाद दिखा तो तेरे कान नोच लूँगा समझा चल और कहीं आराम कर। आँखें तरेरते हुए छमछम बोला।

चम्पू बेचारा फुदकते हुए वहाँ से झरने की ओर जाने लगता है। तब भोलू उड़ते उड़ते बोला चम्पू इस शैतान को मजा चखाना है तो तुझे ढोलू की शरण में जाना होगा। वहीं इस छमछम की दादागिरी और घमण्ड दूर

कर सकते हैं।

चम्पू बोला लेकिन मैं उस खूंखार ढोलू के पास गया तो मेरा काम तमाम कर देगा।

ऐसा नहीं है वह हर किसी की सहायता भी करता है। हिम्मत करके उसके पास जाओ भोलू ने उसे समझाया...

ठीक है मैं उसे नसीहत देने के लिए अवश्य जाऊँगा। कूदते फांदते चम्पू ढोलू की खोज में निकल पड़ा। रास्ते में उसका बच्चा भी मिल गया उसे मांद में छोड़कर समझा कर आगे बढ़ गया।

एक झाड़ पर ढोलू मिल गया तब बड़ी निडरता से चम्पू ने छमछम की करतूत की कहानी सुना देता है। सारी बात सुनने के बाद ढोलू ने उसे धीरज बँधाते हुए सात आमों के पास पहुंचा दिया। उस समय छमछम परन तोता के परिवार को भगा रहा था। बात सही थी। तब ढोलू ने उसे ललकारते हुए कहा छमछम आज के बाद यहाँ किसी को सताया तो तेरी खैर नहीं, एक छंलाग उस पर लगाते हुए उसे खदेड़ने लगा। डर के मारे छमछम वहाँ से ऐसा नौ दो ग्यारह हुआ फिर कभी उन आमों की अमराई में दिखाई नहीं दिया। सारे पंछी भोर होते हुए मस्ती में कलबल करते गीत गुनगुनाने लगे।

जलपरी

बहुत पुरानी बात हैं। आजन देश में एक बलशाली राजा राज्य करता था। उस राजा का नाम गजानन था। वह निर्दयी था। उसका सामाज्य समुन्दर से पहाड़ियों तक फैला हुआ था।

गजानन महाराज को शिकार करने का बेहद शौक था। इसलिए एक दिन वह अपने सैनिकों के साथ घने जंगल में हिरनों का शिकार करने राजमहल से निकला। अचानक जोरदार तूफान आने लगा, पेड़ पौधे हवा में हिलते डुलते गिरने लगे। घोड़े पर महाराज बहुत दूर निकल गए और रास्ता भटक कर विशाल तालाब की ओर चले गये। जहाँ एक चटटान की ओट में किसी तरह अपनी जान बचाई। सारे सैनिक बहुत पीछे छूट गये। अचानक उनके सामने एक सुंदर कन्या को देखकर हैरान हो गये। राजन ने पूछा कन्या तुम इस वीरान जंगल में क्या कर रही हो और तुम कौन हो! मैं तूफान से बचाकर अपने राजमहल ले चलूँगा।

नहीं महाराज में आपके साथ नहीं जा सकती क्योंकि मैं एक जल परी हूँ। पानी में रहना ही मेरा जीवन है। पीछे हटते हुए वह बोली।

जानती नहीं तुम, कि मैं यहाँ का राजा हूँ। मुझे न सुनने की आदत नहीं है। राजा बलपूर्वक उसे पकड़ने लगे। उसका लिजलिजा शरीर छूने लगे। बोले आहा ! अबला नारी तुम जैसी अनूठी को देख कर मेरे राज्य की शोभा बढ़ जायेगी। चलो मेरे साथ .....हट करते हुए वह बोले।

जलपरी बुद्धिमान थी। ठीक है। महाराज आप मुझे राजमहल में रानी बनाकर रखना चाहते हैं तो चलती हूँ। लेकिन मुझे प्यास लगी है। क्या तालाब से थोड़ा पानी पी लूँ।

उसकी बातों में आकर राजा ने स्वीकृति दे दी। जलपरी पानी में छपाक से कूदकर गहरे समुन्दर की ओर खो गई।

राजा ने काफी समय इंतजार किया। तभी सैनिक भी उन्हें खोजते आ गए। गुस्से में सैनिकों से बोले तुम सब कहाँ चले गऐ थे। मैंने अभी अभी जलपरी को पानी में खोते हुऐ देखा है कुछ भी हो उसे पानी में खोजो और सुबह तक मेरे राजमहल में लेकर आओ।

राजा का आदेश था। इसलिए ढेरों मछुआरों ने तालाब में जाल बिछा दिया। सैकड़ों मछलियों जीव जन्तुओ को फांस लिया परन्तु वह जलपरी हाथ न लगी। यह बात जब जलपरी को पता चली कि मेरे कारण मछलियों को नुकसान हो रहा है। तब वह केंकडों के सरदार से बोली आप सभी मिलकर उन मछुआरों से मछलियों को छुड़ाओ।

तब असंख्य केंकड़े अपने पैने पैने डंक चुभाकर मछुआरों के जाल काट कर मछलियों को आजाद करा देते हैं मछुआरे भी डर कर भाग खड़े होते हैं। तब राजा वहाँ आते हैं। जलपरी कहती है मैं आपके साथ चलने के लिए तैयार हूँ। बस आपको मेरे साथ समुन्दर की रानी का आर्शीवाद लेने मेरे साथ चलना होगा। मूर्ख राजा उसकी मीठी मीठी बातों आकर जलपरी के साथ उसका हाथ पकड़ कर चल पड़ता है।

गहरे समुन्दर में पंहुचते ही जलपरी उसका हाथ छोड़ कर तैरती गायब हो जाती है। परन्तु इतने बड़े समुन्दर में राजा डूब जाता है।

सियार और खरगोश

चंदन वन में एक सियार रहा करता था। वह चालाक था। इधर की बात उधर करने में उसे बड़ा मजा आया करता। एक बार वह झरने की ओर जा रहा था। तभी उसने अनेक खरगोशों की सभा होते देख बढ़ के झाड़ की ओट में छिपकर उनकी बातें सुनने लगा।

खरगोशों का सरदार बोला "पानी नहीं बरस रहा है, जंगल के पेड़ पौधे सूख चुकें हैं। घास का तो नामोनिशान मिट चुका है। खूँखार जानवर हमें दूर से ही देखकर झपटने की कोशिश में लग जाते हैं और वह झरना भी कुछ ही दिन में पूरी तरह सूख जायेगा। फिर तो हमें पानी की बेहद तकलीफ हो जायेगी।"

'हाँ दादाजी, कल ही चम्पू खरगोश को कैसे सोन कुत्ते ने पकड़ लिया था। अब तो सचमुच हमारी जान को खतरा है। मैंने सुना है कानन वन में हरियाली है। वहाँ तो पानी ही पानी है। साल भर पेड़ पौधे लहराते रहते हैं। क्यों न हम वहाँ चले, एक युवा खरगोश बोला।

उसकी बात जैसे सभी को जंच गई, परन्तु सरदार बोला–"आप लोग ठीक कहते हैं, परन्तु हमें वहाँ पहुँचने के पहले शेर की गुफा से गुजरना होगा, अगर उसने हमें देख लिया तो हमारा काम तमाम रास्ते में ही हो जायेगा। इसलिए हमें दिन को दोपहर के समय निकलना होगा। भले ही धूप कितनी ही लगे। उसे सलाह देते हुए कहा सभी अपने सरदार की बात से सहमत हो गये, अगले ही दिन उन्होंने चंदन वन छोड़ने का फैसला कर लिया।

सियार बहुत दिनों से भूखा था, "चलो, अब मैं शेर के पास चलता हूँ, उन्हें यह खुशखबरी सुनाऊँगा, खुश होकर कुछ भोजन मुझे दे ही देंगे।" वह डरते-डरते शेर की गुफा में पहुँच कर पूँछ उठा कर अदब से बोला "महाराज की जय हो, कल आपका भोजन घर बैठ आ रहा है, इंतजार

कीजिए और खरगोश की सभा की सारी जानकारी बता देता है।

शेर सोचता है, जंगल सूना हो चला है, शिकार आराम से हाथ नहीं आता है। खरगोशों के भोजन से नाश्ता ही कर लूँगा। वह दूसरे दिन इंतजार करता रहता है। परन्तु शाम ढलते तक कोई भी वहाँ से नहीं गुजरता। अब तो गुस्से में सियार की ओर लपकता है, बेचारा अपनी जान बचाकर भाग खड़ा होता है। शेर वह गुफा छोड़कर अन्य जगह चला जाता है।

सियार मन ही मन सोचता है, मेरी चाल कामयाब क्यों नहीं हो पाई। उसके पीछे सरदार का बेटा नटखट चिन्टू का हाथ था। जब खरगोशों की सभा हो रही, तब जाने कब चिन्टू की नजर छिपे सियार पर पड़ गई। उसने सियार का पीछा किया और आकर सारी बातें अपने पिताजी को बताई। उस दिन कोई भी खरगोश अपने बिल से नहीं निकला। जब उन्हें पूरा भरोसा हो गया। तब आराम से उछलते कूदते, कानन वन की ओर चल पड़ते हैं। बुद्धिमानी से मुसीबत से छुटकारा पाया जा सकता है।

सूर्य जल

वीरपुर के महाराज बलवन्त सिंह के यहाँ एक मात्र राजकुमारी ने जन्म लिया, नाम था उसका चन्द्रकला। सारे राज्य में खुशियाँ मनाई गई।

धीरे-धीरे चन्द्रकला जब सौलह बरस को पार कर चुकी। तब महाराज को उसके विवाह की चिंता सताने लगी। एक दिन राजकुमारी की एक दासी ने उन्हें बताया "राजकुमारी जी, यहाँ से पाँच कोस दूर एक बहुत ही सुदंर झरना है। वहाँ नहाने का मजा कुछ और है।"

तब चन्द्रकला के मन में भी वहाँ जाने की इच्छा हुई। इसलिए वह एक बार अपनी सहेली के साथ दासियों को लेकर चल पड़ी। सचमुच झरना मनमोहक था। इसलिए वह खूब जी भर भर कर नहाई। वह सोचने लगी कहा राजमहल का तालाब, और कहाँ यह कल-कल बहता निर्मल जल। शाम होने के पहले वह महल लौट आई।

परन्तु महल में प्रवेश करते ही उसका शरीर कभी तो तेज गरम होने लगा और कभी एकदम ठंडा। कई वैद्यों ने इलाज किया। लेकिन बीमारी ठीक होने का नाम नहीं ले रही थी। महाराज बड़ी दुविधा में पड़ गए, तब वैद्य ने सलाह दी। "महाराज अगर राजकुमारी को सूरज कुण्ड के जल का लेप किया जाए तो शायद ठीक हो सकती है।"

तब राजा ने सारे इलाके में मुनादी पिटवा दी की "जो भी सज्जन वह जल लाकर मुझे देगा, उसे मुँह मांगी मुराद मिलेगी और योग्य वर हुआ तो उसके साथ मेरी बेटी का विवाह भी कर दूँगा।" सूरज के पास पहुँचना याने अपने आप को सूरज की किरणों में जलाकर राख कर देना था। भला कौन मौत के मुँह में जाए।

दस दिन हो गए, परन्तु राजकुमारी अभी तक होश में नहीं थी। उन्हें मुँह द्वारा फलों का रस दिया जाता था। महाराज अपनी बेटी की ऐसी

हालत देखकर बहुत दुःखी रहने लगे, उनका राजकाज में बिल्कुल मन नहीं लगता था। प्रजा भी अपने दलायु राजा के दुख से उदास रहने लगी।

तब एक दिन एक चरवाहा युवक जिसका नाम रतन था। वह महाराज के पास जाकर बोला– "मैं आपकी परेशानी दूर करने की कोशिश करूँगा। महाराज मुझे आज्ञा दीजिए।"

महाराज को रतन से कुछ आशा की किरण दिखाई दी, उन्होंने उसे खुशी–खुशी विदा किया।

रतन को अच्छी तरह याद था। एक बार वह चिन्दा के घने जंगल में फंस गया था। तब वहाँ पर एक सिद्ध बाबा ने उसे यह बात बताई थी, वह उसी बाबा के पास चल पड़ा। उनके पास पहुँचकर उसने विनती करते हुए सारी बात सुनाई।

उसका अटल इरादा सुनकर बाबा बहुत प्रसन्न हुए, वह बोले बेटा– वहाँ तक पहुँचने के लिये तुम्हें बहुत हिम्मत करना पड़ेगा।

उसने कहा– बाबा आप जो कहेंगे मैं करूँगा। हमारे महाराज की खुशी के लिए मैं कुछ भी करने के लिए तैयार हूँ। बस मुझे रास्ता दिखाइए। वह उनके पैरों पर गिर पड़ा।

बाबा उसे लेकर एक गुफा में पहुँचे, भीतर घुप्प अंधेरा था, कुछ दूर चलने पर नीचे उतरने को सीढ़ियों थी। रतन जैसे जैसे सीढ़ियों उतरता गया। वैसे–वैसे अंधेरा छटता गया। अब वह एक बड़ी गुफा में प्रवेश कर गए। एक जगह एकदम साफ सुथरी थी। स्थान स्थान पर ठंडा स्रोत बह रहा था। उसी के किनारे तरह–तरह के फूल खिले महक रहे थे। रोशनी की व्यवस्था के लिए मशाल जल रही थी।

एक छोटे से चबूतरे पर मृग चर्म बिछी थी। पास में ही हवन कुण्ड बना हुआ था। रतन इतनी अच्छी जगह देखकर ताज्जुब करने लगा, वह कुछ बोल पाता इसके पहले बाबा ने उसे बैठने का इशारा कर कुछ फल खाने को दिये और खुद मृग चर्म पर आसीन हो गए। रतन फल खाने

लगा। तब बाबा बोले - "तो तुम सूरज के पास जाओगे ही।"

"हाँ, महाराज नम्रता पूर्वक वह बोला।"

तो ध्यान से सुनो यहाँ से सौ कोस दूर एक चन्दन वृक्ष है, वहाँ पर हर पूर्णिमा की रात में एक नीली गाय चरने आती है। उसका नाम श्यामा है। वह शीतल नरम और बहुत खुबसूरत दिखाई देगी। जानते हो बेटा, वह गाय का दूध देव पुरुष और स्वयं सूरज नारायण भी पीते हैं। अगर तुम उस गाय को हरा चारा खिलाओंगे। उसके कान में अपनी परेशानी बताओंगे, अवश्य वह सहायता के लिये तैयार हो जायेगी।

"उन्होंने अपनी बात पूरी करते हुए कहा"

"क्या सचमुच बाबा" अचरच से उसने पूछा।

हाँ, बेटा वहाँ तक पहुँचने का रास्ता बहुत कठिन है। लेकिन तुम्हारी लगन से मुझे लगता है, तुम अवश्य सफल होगे। जाओ भगवान तुम्हारी सहायता करे।"

बाबा का आशीर्वाद लेकर रतन उनके बताए हुए स्थान पर चल पड़ा। और पूर्णिमा के दिन पहुँच जाता है, वह श्यामा गाय को पहचान कर उसे ढेरसारा चारा खिलाता है और झरने का मीठा जल पिलाता है। उसकी सेवा से खुश होकर गाय कहती है। "तुम मेरी पूंछ पकड लो, अगर तुम ने उसे छोड़ा तो तुम जल कर राख हो जाओंगे। वहाँ सूरज की किरणें बहुत गरम होती हैं।"

जब उसका कहना मानता है, और पूँछ पकड़कर सूरज लोक पहुँच जाता है, सूरज देव उसकी परोपकारी भावना से बहुत खुश होते हैं और अपने सूरज कुण्ड से एक कलश जल भर लेने देते हैं और उसी गाय के साथ वापिस आ जाता है।

वह उस जल को महाराज को सौंप देता है। तब वैद्य उस पवित्र जल को राजकुमारी के शरीर पर लेप करते हैं। तब चन्द्रकला ऐसे उठ बैठती है जैसे नींद से उठ रही थी। महल में खुशी की लहर छा जाती है। राजा

रतन की बहादुरी से बहुत प्रसन्न होते हैं और उसके साथ अपनी बेटी चन्द्रकला का विवाह कर देते हैं। रतन अब चरवाहा नहीं रह गया था। वह राजमहल का उतराधिकारी बन चुका था।

अस्पताल में मचा हड़कम्प

चमन वन में आधी रात हो चुकी थी। अधिकांश पक्षी ऊंघ रहे थे। तभी शाह बन्दर चीख पड़ा "खों-खों कोई मुझे बचाओं।" उस समय दमकल उल्लू जाग रहा था। "अरे, शाह बेटा क्या हुआ, क्यों छटपटा रहा है, कोई तकलीफ हो तो बताओ?

उसकी बात सुनते ही शाह उसे मारने झपटा। तब तक दमकल बड़ी-बड़ी आँखें तरेरते हुए पंख फड़फड़ा दूसरी डाल पर जा बैठा और बोला "तेरी तकलीफ पूछ रहा हूँ और मुझ पर ही वार कर रहा है। मुझसे दुश्मनी बड़ी मेंहगी पड़ जायेगी समझो!"

शाह को इस धमकी का असर नहीं हुआ। वह तो एक डाल से दूसरी डाल उछल कूद कर सबको जगाने लगा। रम्पा तोता घबरा उठा, स्वीटी गिलहरी उनींदी सी अपनी बेटी को सँभालते हुए बोली "इतनी रात कौन शोरगुल मचा रहा है। अरे, मैं तो वैसे दिन इस झाड़ से उस झाड़ जाने कितनी बार चढ़ती थक जाती हूँ। रात को कुछ आराम मिलता है, वही भी।"

"अरी बहन वह शाह शैतान है, कभी इधर से उधर सबकी नाक में दम कर रहा है किसी की मानता ही नहीं है।" टें-टें करते रम्पा बोली-

तभी शाह के पिताजी नेकलाल बोले- "शाह बेटा तुझे क्या हो गया है, चल अस्पताल चलें" और उसे जबरन कंधे पर डालकर डॉ. बेगान भालू के पास ले जाकर सारा हाल सुना दिया।

"अच्छा इसे पलंग पर लिटाओ," मुआयना करते हुए उन्होंने दवा दी। शाह ने दवा को फेंक दिया और खिड़की पर जा चढ़ा। सारे मरीज इस घटना से घबरा उठे।

उस समय एक वार्ड पर हाथी काका की ड्यूटी थी। सो उन्होंने अपनी

सूंड में फंसाकर शाह को बिस्तर पर लिटा दिया। उसी समय शाह को नींद का इंजेक्शन दिया। तब जाकर उसे कुछ आराम मिला।

जब शाह नींद से उठा। कुछ-कुछ हल्का महसूस कर रहा था। उसके पिताजी ने उसकी शरारती हरकतें बताई तो वह खींसे निपोरने लगा और शर्म से नींचा सिर कर लिया। डॉ उसके पास आकर पूछने लगे –"शाह अब तुम सच-सच बताओ कौन सा नशा किया था?"

मैं, कल शाम को आम खाने गया था, उसी समय मेरा दोस्त किसनू बन्दर ने कहा मैं आज तुम्हें ऐसी चीज खिलाऊँगा, स्वर्ग की सैर करने लगोगे। मजा भी खूब आयेगा और उसने मुझे धतूरा के फूल खिला दिए। बस तभी से मेरा सिर भारी हो गया। चक्कर भी मार रहे थे। आप सभी मुझे माफ कर दीजिए। अब मैं कभी किसी की बातों में नहीं लगूँगा, नशा भी नहीं करूँगा, अपनी गलती को सुधारते हुए शाह बोला।

डॉ. मुस्कुरा कर बोले –"चलो अब रात बहुत हो गई है, आराम करो। औरों को भी आराम करने दो।" अस्पताल का हड़कम्प शांत हो गया।

छोटी सी बात

भरतपुर एक कस्बा था। वहाँ के लोग सरल स्वभाव के थे। एक दूसरे के सुख-दुख में काम आया करते। उसी में जमना प्रसाद जी नामक पंडित भी रहा करते थे। कथा, पूजा पाठ उनका पेशा था। आसपास के गाँव वाले भी उनकी खूब आवाभगत किया करते थे।

जमना प्रसाद जी के दो बेटे थे। बड़ा बेटा कौशल अपनी पिताजी के पद चिन्हों पर चल कर धार्मिक कार्यों में लग गया। परन्तु छोटा बेटा विशाल आवारा घूमने फिरने में अपना समय गवाया करता था। अपने बेटे के इन कामों से जमनाप्रसाद विचलित हुए। वर्षों की इज्जत मिट्टी में मिलती नजर आई। तब कौशल ने अपने भाई को महानगर में संस्कृत विद्या अध्ययन के लिए पाठशाला भेज दिया।

विशाल महानगर का रंगीला माहौल देखकर बहक गया। बड़े भैया जो पैसा खर्चा के लिए भेजते उसे पैसों से क्लबों और आवारा साथियों में लुटाने लगा। यह बात किसी तरह जब कौशल को पता चली। वह बेहद चिंता में पड़ गये। भागे भागे विशाल के पास अचानक पहुँच गये।

उस समय विशाल शराब के नशे मे घर आया। अपने बड़े भैया को अचानक अपने पास इस हालत में देखकर वह शर्मिंदा हो उठा। उसके पास सफाई के लिए कोई शब्द नहीं थे। तब उसकी मंशा समझ कर कौशल बोले "विशाल अभी भी समय है, सुधरने का मौका दे रहा हूँ। अगर यह बात पिताजी ओर बस्ती वालों को पता चलेगी। जानता है हमारी बिरादरी में कितनी बदनामी होगी। पिताजी तुझे जीते जी कभी माफ नहीं करेंगे। अब फैसला तुझ पर है।" कौशल की बातों का विशाल पर इतना असर हुआ कि वो रो पड़ा। "भैया मुझे माफ कर दो। अब मैं कभी ऐसी गलती नहीं करूँगा।" शाबाश मेरे भईया और कौशल को जैसे उसकी बातों पर पूरा भरोसा हो गया। तब से विशाल सचमुच एक अच्छा इंसान बन गया। और मन लगा कर पढ़ाई में मन लगाने लगा। एक छोटी सी बात ने जैसे उसे नेक छात्र बना दिया था।

गरम जलेबी

स्प्रिंग बन्दर आज बेहद खुश था, इसी खुशी में वह प्लेटफार्म नम्बर चार पर उछल कूद मचाने लगा। सारे यात्री उसकी हरकतें देख-देखकर मंद-मंद मुस्कुरा रहे थे।

वह नटखट इतना था कि अपनी ताकत दिखा कर हर किसी का फल चुरा कर खा जाया करता था। अकसर बन्दर उससे डर कर दूर भाग जाते। स्प्रिंग अपने स्कूल के खिलाड़ियों के साथ पर्वतारोहण करने ट्रेन से जा रहा था।

ट्रेन आने में अभी आधा घंटा था। स्प्रिंग ने विसिल बजा-बजा कर सभी को अपनी ओर आकर्षित कर लिया और एक बाल लेकर उछालने लगा। उसे सार्वजनिक स्थान पर शोरगुल मचाने में बेहद मजा आ रहा था।

स्प्रिंग ने पूरी ताकत से बाल हवा में उछाल दी। जो कि बीच पटरी पर जा गिरी उसी वक्त चंचल भालू ने एनाउन्समेंट किया। प्लेटफार्म से बिना रुकने वाली ट्रेन गुजरने वाली है, कृपया सावधान रहें।

स्प्रिंग को उसकी परवाह नहीं थी, वह पटरी पर कूद पड़ा। बाल उठाने ही वाला था कि हार्न बजाती ट्रेन धड़धड़ाते गुजरने लगी। देखने वाले रोमांचित हो उठे, "अरे, स्प्रिंगे भागे भागे" पलक झपकते ही वह प्लेटफार्म पर सुरक्षित हो गया। सबने संतोष की सांस ली। कोच ने स्प्रिंग की लापरवाही पर बेहद डांटा, वह अपराधी की तरह नीचा फिर करके खड़ा रहा।

जब ट्रेन आई झटपट सभी अपनी-अपनी सीटों पर बैठ गए। कविराज जिराफ ड्राइवर ने लम्बी गरदन निकाल कर देखा और ट्रेन चल पड़ी। पहाड़ी, खाईयों का आनंद उठाते सभी सफर करने लगे।

नंदन वन में जब भी बसंत ऋतु आती, तरह-तरह के फूलों से

पहाड़ियाँ महकने लगती, इस बार भी पर्वतारोहियों का आना प्रारंभ हो गया। पर्वतारोहण होने के पश्चात अंतिम दिन पर्वत चोटी पर सबसे पहले चढ़ने की प्रतियोगिता भी हुआ करती थी। जिसमें जो भी चोटी पर झण्डा फहराता उसे प्रथम स्थान मिला करता।

पिछली बार स्प्रिंग बंदर प्रथम स्थान पाते रह गया था। क्योंकि चपंक वन का जैकी बंदर अपनी सूझबूझ से सबसे पहले चोटी पर चढ़कर विजय हासिल कर चुका था।

स्प्रिंग इस बार हर कीमत पर प्रथम आना चाहता था। उसके शैतान दिमाग ने एक उपाय सोचा, शाम के समय उसने जैकी को मैंकी हाथी की दुकान पर ले गया। स्प्रिंग बोला-आओ दोस्त गरमा-गरम देशी घी की जलेबियाँ खाते हैं।

जैकी को जलेबियां पसन्द थी, जब उनकी टेबिल पर दो प्लेटे आई। ताजी खुशबू सूंघकर खुश हो गया। परन्तु जैकी की प्लेट में विशेष नशीली गंध सेम नही, मन सोच में पड़ गया। उसने भी बुद्धिमानी का काम किया। जलेबी को मुँह के पास ले जाकर अचानक चीखा "अरे स्प्रिंग वो गिरा।"

स्प्रिंग ने पलट कर पीछे देखा कहीं कुछ नहीं इसी बीच जैकी ने अपनी प्लेट बदल कर स्प्रिंग के सामने रखकर मजे से सारी जलेबियाँ खाकर आराम करने चल पड़ा। स्प्रिंग ने भी गर्व से जलेबियाँ खाई।

जब दूसरे दिन पर्वतारोहण और प्रतियोगिता हुई जैकी ने प्रथम स्थान पाया और स्प्रिंग अपनी करतूत के कारण बेहोशी की हालात में था।

नई सीख

नमन जिस गाँव में रहता था। वह पहाड़ों और खाईयों से घिरा हुआ था। घने जंगल में शेर, चीता जैसे हिंसक पशुओं की दहाड़ें सुनाई दिया करती फिर भी यहाँ के लोग निडरता से रहा करते।

नमन बचपन से ही शरारती था। जहाँ, कहीं सुरंगों से जहरीले साँप निकला करते। वह बिना डर के उनके पीछे पत्थर लेकर दौड़ता। बेचारा सर्प आड़ा तिरछा झाड़ों में छिपते छिपते उससे पीछा छुड़ाया करता।

वह ठंड के दिन थे। महुआ बीनते समय नमन ने देखा, उसकी माँ पर एक रीछ हमला करने जा रहा है। तब उस बालक ने एक लकड़ी उठा कर उसकी पीठ पर वार कर दिया। बड़े-बड़े बालों की वजह से रीछ को कोई चोट नहीं आई। अब वह गुस्से से लम्बे-लम्बे नाखुन जमीन पर रगड़ कर नमन की ओर झपटा।

नमन निशाना लगाने में माहिर था। इसलिए उसने तड़ातड़ तीन चार लकड़ी के वार उसकी नाक नुमा थूथन पर दे मारी। रीछ दर्द से बिलबिला उठा। वह लंगड़ाता भाग खड़ा हुआ। अपने बेटे की हिम्मत देख कर पास में खड़े पिताजी बोले –"बेटा, रीछ खतरनाक जानवर हुआ करता है, अगर वह तुझे नोंच डालता तब" और उसे अपने गले लगा लेते हैं।

उसके माता पिता गरीब थे। जंगल से लकड़ी फल-फूल बेच कर अपना भरण पोषण किया करते थे। जब नमन पाँच बरस का हो गया। उसे उन्होंने आश्रम स्कूल में नाम लिखा दिया। जहाँ उसे मुफ्त की पढ़ाई के अलावा खाने पीने, रहने की सुविधा मिलने लगी।

नमन में चंचलता थी। वह ईमानदार बालक था, आज्ञाकारी था। तभी तो सुमन सर उसे बेहद स्नेह किया करते। शीतकालीन अवकाश के बाद नमन जब अपने गाँव से वापिस आश्रम आया। जगह जगह पीली ततैया ने

अपना डेरा डाल लिया था। जहाँ देखो वहीं फर-फर मंडराने लगी। नमन को जैसे एक खिलौना मिल गया हो। अनेक बच्चे डरकर इधर-उधर मुँह छिपाते बचते फिरते। परन्तु नमन चुपके से उनके पंख पकड़ कर उन्हें बस में कर के खेलकर छोड़ दिया करता।

उस दिन सुमन सर ऑफिस के काम से मशगूल थे। अचानक एक पन्नी वाले धागा उड़ता आया, उसमें वहीं अजीब से पतंगे को देख कर वह लगभग चौंक पड़े। तब दरवाजे की ओट से नमन हँसता हुआ भागने लगा। "ठहर जा शैतान कहाँ भागता है," डपटते हुए वह बोले।

वह भीगी बिल्ली बना डर कर चुपचाप नीचा सिर करके खड़ा हो गया।

"नमन हरदम उधम करना अच्छी बात है क्या? अगर ततैया काट लेगी तो हाथ पैर सूज जाऐंगे। अब पढ़ाई पर ध्यान दिया कर"। वह कमरे की ओर भाग गया।

एक बार वह खेल-खेल में छत पर चढ़कर बंदर की तरह उछल कूद लगाने लगा। अपना संतुलन नहीं संभाल पाया। धड़ाम से फर्श पर नीचे गिर पड़ा। उसके एक हाथ की हड्डी टूट गई। वह रो पड़ा उसकी गलती होने पर सुमन सर उसे डांटने के बजाय तत्काल अस्पताल ले गए और उसका एक्सरा और पट्टी कराई। डॉ. ने एक हफ्ते बिस्तर पर आराम करने की सलाह दी। सर उसे फल देते हुए बोल –"ठीक हो जाओ तो आसमान पर चढ़ने की कोशिश करना" और उसके उत्तर का इंतजार करने लगे।

नमन को प्यार भरी नई सीख मिल रही थी। वह बोला- "सर जी, मुझे माफ कर दीजिए, अब मैं उधम नहीं करूँगा, पढ़ाई पर ध्यान दूँगा।"

सर मुस्कुरा पड़े.....।

जो जीता वही सिकन्दर

चंपक वन में किटकिट नाम का एक बन्दर रहा करता था। वह नटखट था। आसमान छू रहे पेड़ों से सीधा जमीन लटकती पतली डाल पर छलांग लगाने में माहिर था। उसके इस करतब देखकर हर कोई दाँतो तले उंगलियाँ दबा लिया करता था।

किटकिट जानता था। इस खेल में पैनी नजर और संतुलन की आवश्यकता होती है। तनिक सी चूक उसकी हड्डी पसली तोड़ सकती थी। एक बार की बात है किटकिट आम के वृक्ष पर कैरिया कुतूर रहा था। तभी वनराज कैपिटिन ने उसे बुलाया। शेर के सामने जाने में अच्छे से अच्छे की शामत आ जाया करती है।

किटकिट इस डाल से उस डाल कूदता फांदता दरबार में हाजिर होकर अजब से पूछता है "महाराज मेरे लिए क्या हुकूम है ?"

"किटकिट हम पहले भी तुम्हारे साहसी कारनामें देख सुन चुके हैं। इसलिए हम चाहते हैं, कि इस वन की ओर से तुम लंदन वन में ओलम्पिक खेलों में हिस्सा लो।"

विदेश जाने का सपना भला कौन नहीं देखता। किटकिट खींसे निपोरते हुए बोला –"आपकी आज्ञा में कैसे टाल सकता हूँ। वहाँ मुझे किस खेल में भाग लेना होगा।" "जूडो, ध्यान, मनोयोग का खेल है। तुम निश्चय ही उसमें सफल होगे।" "जब आप इतना विश्वास जगा रहे हो तो मैं अवश्य वहाँ जाऊँगा" हाथ जोड़कर उसने कहा।

"तो ठीक है, अगले महीने तुम्हारे जाने का प्रबंध कर दिया जायेगा, अब जाओ अभ्यास करो।"

किटकिट का नाम चयन होने पर वन में खुशी की लहर दौड़ गई। समुन्द मार्ग से लंदन वन पहुँचने की तैयारियाँ शुरू हो गई। जैकी भालू और

झिरकुट कंटफोड़ा ने दिन रात मेहनत करके अनोखा जहाज बना डाला।

समुद्र मार्ग से किटकिट का काफिला चल पड़ा। जैकी बड़ी सूझबूझ से जहाज चला रहा था। लहरों के थपेड़ों, टापूओं से बचते बचाते जब वह नीले सागर की ओर बड़े शार्क मछली की पूंछ उनके जहाज से टकरा गई। एक कोने में छेद हो गया। जिससे जहाज में पानी भरने लगा।

जैकी तनिक भी नहीं घबराया, उसने अपने कपड़े का फैटा बनाया और झटपट उस छेद में फंसा दिया। किसी को कानों कान इस घटना की खबर भी नहीं होने दी। जब वह लंदन के बन्दरगाह पर पहुँचे। वहाँ का राजा मैकलिन स्वयं सम्मान पर वहाँ उनके स्वागत में खड़े थे। किटकिट मन-ही-मन बेहद प्रसन्न हुआ। इतना सुंदर वन जगह-जगह फलों के बगीचें, शहद भरे कटोरे जितना मन हो खाते जाओ।

खेल प्रेमियों का विशाल मेला लगा था। कहीं हाँकी तो, कहीं साइकिल दौड़, जिधर देखों उधर भीड़-ही-भीड़ किटकिट का मुकाबला लंदन के चिपचिप से था। जब वह जूड़ों के मैदान में उतरे। भारी भरकम चिपचिप की डरावनी आँखे पहला राउंड शुरू हुआ। मुठ्ठी बांध कर चिपचिप ने एक घूसा दे मारा। बार बचाने के चक्कर में किटकिट धड़ाम से गिर पड़ा।

दर्शक हों ओं करके हंस पड़े। परन्तु किटकिट को तनिक भी बुरा नहीं लगा। जैकी उदास हो गया। अब तो इससे जीतना मुश्किल है। यही वक्त है, ध्यान देने का होता है। आत्म विश्वास से किटकिट ने पूरी ताकत लगाकर चिपचिप की नाक पर घूसा दे मारा, फुर्ती से ऊंगलियाँ निकालकर कान पकड़कर खींच दिया। निशाना एकदम सही था।

चिपचिप अचेत हो गया। अपनी ही धरती पर उसे हार मिली और जूड़ों का प्रथम स्थान किटकिट को मिला और जब वह जीत कर वापिस वन में लौट। कैपिटन इस खुशी में खूब दहाड़ा। क्योंकि वह जीत कर किटकिट सिकन्दर जो बन बैठा था।

कोरी गप्प

"रवि बेटे, चलो आज तुम्हारी पसन्द पूरी किये देता हूँ, "साइकिल लेने बाजार चलना है। उसके पापाजी, दीपक कुमार बोले –"हाँ-हाँ पापाजी चलिए मैं तैयार हूँ। "खुशी-खुशी वह बोला।"

मम्मी उनकी बातें सुन रही थी। उन्होंने टोकते हुए कहा –"सुनिए जी आप रवि से कह दीजिए कि समय-समय पर ही साइकिल बाहर निकाले और सड़क पर बांयी ओर से संभलकर चलाऐ।"

"ओ हो! मम्मी जी आप भी न मैंने कभी आपकी बात टाली है क्या !" हंसकर वह पापाजी के साथ बाजार चलता बना।

रवि ने इस बार कक्षा आठवीं में प्रथम स्थान पाया था। वह होनहार बालक था। किसी भी बात को सहजता से स्वीकार नहीं करता था। जब तक उसकी जिज्ञासा शांत न हो जाए सही बात का पता लगाकर ही रहा करता था। उसकी दादी गाँव में रहा करती थी। परन्तु कुछ दिनों से अपने बेटे पोते से मिलने शहर आई हुई थी।

रवि को उनकी रूढ़िवादी विचारधारा रास न आती। अकसर वह उनकी बात का विरोध किया करता। "दादी, शुभ कार्य मुहुत बिना न करने देती, पंचक लगने पर नया काम न करने देती। अगर राह चलते बिल्ली राह काट जाये या कोई छींक दे समझो, दादी पर शामत आ गई हो। घण्टों समय बर्बाद करके सही समय का इंतजार किया करती।

उस दिन अचानक रवि के पापाजी बीमार पड़ गये। ऑफिस नहीं जा पा रहे थे। इसलिए उसकी मम्मी ने कहा –"रवि बेटे, जा अपने डॉ. साहब जी को यहीं बुला लाना।" डॉ. घोस उसके पापाजी के अच्छे मित्र भी थे। उनकी डिस्पेंसरी कालोनी में ही थोड़ी दूरी पर थी। रवि ने अपनी चमचमाती साइकिल निकाल कर जैसे ही बाहर निकलने लगा, छत वाली सरला आँटी

को छींक आ गई अक्....अक छीं। बाहर निकलते समय रवि ने सुना "अरे बेटे रुक जा, छींक में बाहर नहीं निकलना चाहिए। "भला रवि उनकी क्यों सुनता, उसे ऐसी बातों पर तनिक भी भरोसा नहीं था। नाक में छींक आना याने धूल या कोई गन्दगी बालों में फंस जाती है। तभी शरीर की सामान्य क्रिया है। उसने किताबों में यही पढ़ा है। वह फर्राटे भरता। सड़क पर आ गया। जहाँ भीड़ थी। रवि विज्ञान में कब, क्यों और कैसे की अवधारणा पर विश्वास किया करता था। वह तेजी से सर्वोदय कालोनी की ओर बढ़ा तिराहे पर अचानक एक भैंस से टकराते बचा। कुछ आगे मकान का काम चल रहा था। गिट्टी और रेत फैला पड़ा था। एक मोटर साइकिल सवार उस पर चढ़ा ही जा रहा था। रवि रेत पर फिसलता खड़ा हो गया।

रवि को एक पल लगा। दादी की बात सही है, छींकते समय बाहर नहीं जाना चाहिए। फिर उसने अपनी सोच पर विचार किया। दोनों स्थितियों में मेरी ही गलती थी। अगर संभल कर काम किया जाये तो किसी भी प्रकार की दुर्घटना की आशंका कम ही रहा करती है। हमें अपनी गलती को किसी पर थोपना नहीं चाहिए। इस घटना का घर पर जिक्र करूँगा, तो दादी की बात सबको सच लगेगी। इसलिए इस बात को कोरी गप्प मानकर वह हँसता हुआ डॉ. साहब के क्लिनिक जा पहुँचा।

दिशा ज्ञान सच्चा ईमान

कनक वन में मैगी नामक एक तोता रहा करता था। भोर होती, वह नीम के झाड़ से टें-टें करता, फर-फर उड़ता। नदी किनारे जाता, चोंच पंजे धोता, तब जाकर फल फूलों को खोजकर खाया करता। उसकी दिनचर्या नियमित थी। इसलिए कभी बीमार नहीं होता था।

एक दिन मैगी ने सोचा "क्यों न? मैं पूरब दिशा जाकर वहाँ के भाई बहनों की आदतों का पता करूँ। वह झटपट उड़ता पीपल की पतली डाल पर जा पहुँचा। जहाँ चिलका मधुमक्खी अपने छत्ते की रखवाली कर रही थी। आते ही वह बोला "बहन, मैं दिशा ज्ञान करना चाहता हूँ। इसमें आपकी मदद की जरूरत है।"

"हाँ, भैया बोलो तुमने तो हम पर पिछली बार जो उपकार किया है, भला हम कैसे भूल सकते हैं।" "अच्छा, वह झपटा भालू की घटना कैसे चुपचाप उल्टे पैर चढ़ता छत्ते पर कब्जा करके शहद चट करना चाहता था। वह तो अच्छा हुआ मेरी नजर उस पर पड़ गई जो मैंने शोर मचाकर परिवार को इकट्ठा करके उसे खदेड़ दिया था। हँस कर वह बोला- "अरे, बहन आप अपने सैनिकों के साथ कितनी मेहनत से एक-एक फलों का रस चूस कर छत्ता भरती हो, और वह इस मेहनत को पल में साफ करने की सोच रहा था।"

चिलका ने कहा "मैगी बोलो क्या चाहते हो"।

"मुझे एक दोना शहद चाहिए, उसे अपने साथ ले जाऊँगा, तो जाने कितने उसके लालच में मेरी इज्जत करेंगे। इसी बहाने में सैर सपाटा कर आनंद उठा लूँगा।"

"बस इतनी सी बात है, सैनिको जाओ, मैगी को एक दोना शहद दे दो।"

तब मैगी उस शहद को गले में लटका कर घूमने निकल पड़ा। जगह-जगह अनेक पक्षियों से मिलता। उसके कुशल व्यवहार से हर कोई विश्राम करने देता। लेकिन सबकी निगाह उसके दोने पर लगी रहती थी। खतरा बढ़ता देख, वह वहाँ से आगे उड़ जाया करता था।

उड़ते-उड़ते वह एक झील किनारे नीम के झाड़ पर जा पहुँचा। हरे भरे झाड़ों में फल लद रहे थे। अपरिचित को देखकर सभी ने उसे घेर लिया। दक्षिण दिशा की ढेरों बातें मैगी सुना रहा था। उसमें एक हरियल तोता भी था। जो उसकी बातों से प्रभावित हुआ बोला "आज की रात आप मेरी डाल पर आराम कीजिए, सुबह होते ही चले जाना"। आदर भाव से मैगी का मन प्रसन्न हो गया। आराम करते समय मैगी ने गली में दोना निकाल कर उसके हवाले कर दिया और आराम करने लगा। आधी रात को उसने कुछ खुसुर फँसुर सुनी। हरियल के बच्चे जिद कर रहे थे "आप, हमें यह दोना दे दो, हम इसका स्वाद चखेंगे।" तब उन्हें हरियल ने डपटते हुए समझाया "बेटा किसी की अमानत पर हमारा अधिकार नहीं है, नहीं तो हमारे ईमान पर बट्टा लग जायेगा। चलो सो जाओ, कल मैं तुम्हें अनार लाकर दूँगा।"

मैगी ऐसी सच्चाई ईमानदारी से बेहद खुश हुआ। वरना आज के समय लालचियों की कमी नहीं है। सुबह वह मैगी चलने के लिए तैयार हुआ तो हरियल और उनके बच्चों को बुला कर कहा लीजिए यह शहद आप लोगों के लिए ही लाया हूँ, मुझे ऐसे ही सच्चे की तलाश थी। अब मुझे अपने वन में लौटना है और मैगी आसमान में उड़ चला।

पिद्दी पहलवान

चंपक वन में कालू नामक रीछ रहा करता था। वह बलवान था। तभी तो अपनी दादागिरी से सभी को परेशान किया करता था। हर किसी की चीज हड़प लेना उसकी आदत में था। उसी वन में तरह तरह के रंग बिरंगे फूल खिला करते।

जब सुबह सूरज की पहली किरन, फूलों को नहलाती ओस की बूँदें हरी भरी धरती पर मोती सी चमकती। ठंडी हवा में फूलों की महक मधुमक्खियों और तितलियों को अपनी ओर खींचा करती एक दिन रानी मधुमक्खी ने सेनापति को बुला कर आदेश दिया। "मैं अपना वंश बढ़ाना चाहती हूँ, इसलिए तुम सैनिकों के साथ इस पीपल के वृक्ष की डाल पर एक छत्ता बनवाओ और शहद इकट्ठा करवाओ। अण्डे देते समय मुझे भोजन की आवश्यकता होगी।

"जी महारानी जी, जैसी आपकी आज्ञा और सेनापति सैनिकों के साथ मिलकर एक बढ़िया छत्ता तैयार करके बाग में फूलों में जा घुसे और एक-एक फूल का पराग रस चूस-चूस कर छत्ते में शहद ही शहद से लबालब भर दिया। रानी उनके परिश्रम से बेहद प्रसन्न हुई।

तब कालू की नजर उनके छत्ते पर पड़ी। मन ही मन सोचने लगा। पिछली बार मैंने रानी का छत्ता तोड़ मरोड़कर जी भरकर शहद पिया था। मेरे छुटकू को पिलाया था। चलो अब फिर मीठा मीठा शहद पीने को मिलेगा। वह झाड़ के नीचे था। परन्तु रानी ने उसे दूर से ही देख लिया था। पिछली बार उसके पास इतने सैनिक नहीं थे। इसलिए कालू ने अपनी दादागिरी दिखा ली। अबकी बार उसे मजा चखाकर ही रहूँगी।

रानी ने कालू के वहाँ से जाने के बाद सभी सैनिकों को समझाया। कोई भी दुश्मन छत्ते की ओर बढ़े उसे पहले ही सुजा फुला डालो। उसे सबक मिलेगा। फिर कभी हमारे परिवार पर हमला न कर सकेगा। रानी

की बात सुनते ही सैनिकों ने अपना अपना मोर्चा संभाल लिया।

कालू ने अपने शरीर पर काला कंबल लपेट कर झाड़ पर धीरे-धीरे चढ़ने लगा। सैनिक हमले के लिये तैयार थे। उन्होंने आव देखा न ताव बस टूट पड़े। कालू के मुँह पैर जहाँ भी खाली जगह मिली। अपने जहरीले डंक चुभाना प्रारंभ किया। कालू दर्द से बिलबिला उठा। इधर रानी और उसके सैनिकों ने सारा शहद पी डाला। छत्ता सूखा कर दिया। कालू को इतनी तकलीफ हुई। धड़ाम से नीचे गिर पड़ा। एकता के आगे उसकी शक्ति जबाव दे गई। फिर कभी कालू ने मधुमक्खी के छत्ते की ओर नहीं देखा।

झूठी शिकायत

देवना नदी के किनारे एक खरगोश अपने परिवार के साथ रहा करता था। कल-कल बहती नदी के आसपास हरी-हरी दूब को खाना उसी में लौटना, खेलना, कूदना उन्हें भला लगता। कुछ समय से पराग नामक खरगोश भी वहाँ आकर रहने लगा था। गर्मी की ऋतु प्रारंभ होते ही पराग ने अपने साथियों से कहा –"तरुन भैया, इन दिनों रेत पर हम आपस में मिलजुल कर खरबूजे तरबूज की फसल तैयार कर सकेंगे, हमें ठंडे मीठे और रसीले फल खाने को मिलेंगे। अगर आप लोग साथ दें तो मैं शांति नगर से फल के बीज लेकर आऊँ।"

"अरे, यह तो अच्छी बात है। मेहनत करना तो हमारा जीवन है'। तरुन बोला।

तब से नदी के किनारे पतली-पतली रेत के टीपू हटा कर समतल किया गया। छोटी क्यारियाँ बनाई गई। फिर उनमें गोबर का खाद भरा गया और जब बीज बोए तो हफ्ते भर नन्हें-नन्हें पौधे देखते ही पराग खुशी से उछल पड़ा। देख रेख करते करते फूल, फिर फल आने लगे। नन्हा चिन्टू खरगोश बोला "आहा, कितने अच्छे फल लग रहे हैं। अब तो मैं जी भर कर खाऊँगा।"

"हाँ, हाँ यह हम सब परिवार वाले ही खायेंगे, अब हमें इनकी रखवाली करना होगी।" पराग ने सलाह दी।

एक दिन झुनझुन चूहा अपने बिल से निकल कर खरबूजा कुतरने लगा। तभी पराग ने उसे देखते ही ललकारा "खबरदार, मेहनत करना नहीं चाहते, आलसी कहीं के, अब तुम्हें फल खाने का हक नहीं है।" चूहा भाग खड़ा हुआ।

तभी गिलहरी बोली "पराग दादा मैंने तुम्हारे खेत की रखवाली की

है। क्या मुझे फल खाने को मिलेगा।"

"हाँ, बेटी, जिसने मेहनत की है, उसका अधिकार भला मैं कैसे छीन सकता हूँ," "और भैया, एकाध फल मुझे भी देना" कांटेदार बागड़ के बाहर से सोना हिरन ने पूछा।

"हाँ, पराग अगर तुमने हमें खरबूजा तरबूज नहीं खिलाए तों हमें चुरा कर खाना भी आता है।" तैश में चमक सियार अकड़कर बोला।

"तनिक मेरे खेत में घुसकर तो देखो, एक-एक की हड्डी पसली एक करवा दूँगा।"

पराग पूरे आत्मविश्वास से बोला, सुनते ही चमक और सोना चलते बने।

एक रात चमक सियार जबरन बाड़ी में घुस कर एक ताजा फल फोड़ कर मीठा रसभरा गपगप खाने लगता है, तभी पराग पीछे से उसकी पीठ पर छींद की छड़ी का प्रहार करता है, चोरी करने से डर समा जाता है। चमक भी डर के कारण वहाँ से नौ दो ग्यारह हो गया।

परन्तु अगले दिन उसने गुफा में पहुँचकर झूठी शिकायत करते हुए बोला "शेर साहब नदी के किनारे पराग ने जो खेत लगाया है। वह आपको भी कुछ नहीं समझता। आपकी बुराई कर रहा था। कहता है मैं शेर से भी नहीं डरता। अब भला आप कहाँ जंगल के राजा जी, और वह पराग पिद्दों।"

शेर को गुस्सा आ गया। वह दहाड़ता हुआ पराग के पास जा पहुँचा और बोला "कहाँ गया रे पराग बड़ा ताकतवर होशियार बनता है। निकल अभी तुझे चींटी की तरह मसल कर नाश्ता कर जाऊँगा।"

वह तो अच्छा हुआ उस समय पराग और उसका परिवार सुरंग में आराम कर रहे थे। इसलिए बच गए वरना आज उनकी खैर नहीं थी।

तब शेर चला गया। आराम से चमक उनके फल जी भरकर खाता

रहा। पराग, को बड़ा दुःख हुआ। चमक ने झूठ क्यों बोला। इसकी सजा उसे मिलना ही चाहिए। तब पराग ने अपने परिवार के साथ मिलकर रेत को खोद-खोद कर बहुतबड़ा गढ्ढा बनाया और उसे पत्तियों लकड़ी से ऐसा ढाँक दिया जैसे हरा भरा खेत हो। तब पराग किसी तरह चमक के पास पहुँच कर बोला "भाई मुझसे गलती हुई मुझे माफ करो चलो। जितने फल चाहो खा लो। उस खेत में तुम्हारा स्वागत है। सुनते ही चमक अपनी सफलता पर फूला न समाया। वह चल पड़ा।

पराग तो वजन हल्का होने के कारण इस बार गढ्ढे को पार कर गया। परन्तु चमक धड़ाम से गिर कर सड़ गया।

वीरान जंगल

बात पुरानी नहीं है। जामनगर गांव में एक लकड़हारा रहा करता था। उसका नाम सुमेश था। वह घने जंगल में सूखी लकड़ियां चुन-चुन कर लाता और शहर में बेचकर अपने परिवार का गुजारा किया करता था।

एक गढ़ूठा लकड़ी इकठ्ठी करने में उसे दिनभर जंगल-जंगल की खाक छानना पड़ती थी। तब जाकर शाम तक किसी तरह का एक गढ़ूठा तैयार करता। फिर रात भर चलता और गांव में अपने घर आता फिर दूसरे दिन भौर होते ही कलेवा लेकर शहर में लकड़ी बेचने चल देता। अथक परिश्रम के बाद उसे चंद रुपया मिलता। उसे अपनी मेहनत पर संतोष था।

समय गुजरता गया। उसके बच्चे बड़े होने लगे। खर्च बढ़ने लगा। वह परेशान रहने लगा। तभी शहर के एक ठेकेदार से उसकी मुलाकात हुई। उसने बातों-बातों में कहा –"सुमेश क्या ! तुम भी ओस चाटते रहते हो, अरे तेरे गांव के पास तो सागौन का घना जंगल है। सोना ही सोना खड़ा है। आजकल जानता है इमारती लकड़ी की मांग बहुत है। दो चार चरपटे, पटियाला दिया तो बस तेरे पास पैसे ही पैसे होगें।"

"लेकिन सागौन तो सरकारी सम्पत्ति है, नहीं मेरे काम में बेइमानी नहीं करूंगा।"

"अबे, दुनिया कहाँ की कहाँ पहुँच रही है सत्यवादी हरिशचन्द की औलादों, अभी समय है, कमा लो ये सौ रुपये एडवांस" लालच देते हुए उससने एक सौ का पत्ता उसके हाथ पर रख दिया।

सुमेश ने इतना रुपया नहीं कमाया था। उसके मन में लालच जाग उठा। वह खुशी खुशी घर की ओर चल पड़ा।

आधी रात को उसने ठेकेदार का दरवाजा धीरे से खटखटाया, "भाईया जी मैं आ गया" उसी नींदा वह उठा, "अरे किसी ने देखा

तो नहीं?

चल पिछवाड़े डाल दे" उसने दो लकड़ी के चरपटे धम्म से पटक दिये ओर अंधेरे में गायब हो गया।

पहली बार सुमेश ने आसमान को छूते गीले हरे सागौन को काटना शुरू किया, उसे बड़ा दर्द महसूस हुआ।

फिर उसकी बेइमानी बढ़ती गई। अब तो उसने दो मजदूर और साथ में शामिल कर लिए।

सुमेश के पेड़-पौधे सूखने गिरने लगे और सुमेश का घर हराभरा हो गया। अब उसके पास पैसे ही पैसे थे। गरीबी के दिन दूर होने लगे।

आज रात उसने १५० वर्ष पुराने पाँच झाड़ को काटने का मन बना लिया। दाम ऊँचे मिलने वाले थे। वैसे भी जंगल आधे आधे सूने हो चले थे। आराम करते समय वह रात गहरी हो जाने पर वह जंगल जाता। इसलिए एक सूने टीले पर आराम करने लगा। थकान भी हो रही थी। तभी उसने देखा एक वृक्ष उसके सीने पे गिर पड़ा। वह छटपटाने लगा। आसपास एक भी वृक्ष नहीं था। वीरान जंगल, सांस लेने में उसे दिक्कत हो रही थी। वह बदहवास चिल्लाया। "कोई मुझे बचाओ।" आसपास उसके साथियों ने उसे झकझोरा "अरे, सुमेश कौन सपना देख रहा था।"

"हाँ, यार मैं वीरान जंगल में भटक रहा था। जहाँ न हवा थी, न पानी। तब उसे एहसास हुआ। अब मैं जंगल से लकड़ी नहीं काटूँगा। उसने साथियों को समझाया। भाईयों आज से कोई लकड़ी नहीं काटेगा। जो काटेगा, पहले मेरे साथ मुकाबला करेगा।

उसके इस बदलाव से सभी भौंचक्के रह गए। लेकिन सुमेश की भुजाएँ देखकर वह उसका विरोध नहीं कर पाए और घर की ओर चले पड़े।

जीत किसकी ?

गोपाल बचपन से ही विकलांग था। उसका एक पैर दुबला, पतला था। फिर भी वह शरीर से हृष्ट-पुष्ट था। वह बुद्धिमान और साहसी था। पढ़ाई लिखाई में कमजोर था। इसके बाद भी स्कूल के साथी उसे आड़ा तिरछा चलते हंसी उड़ाया करते परन्तु गोपाल को उनकी दिल्लगी पर तनिक भी बुरा नहीं लगता।

गोपाल के घर के पिछवाड़े नर्मदा नदी का स्वच्छ जल कल-कल बहा करता। वह रोजाना नदी में नहाता, तैरने का उसे बेहद शौक था। घण्टों पानी में डुबकियाँ लगाता, पानी पर लेट जाता, कलाबाजियाँ दिखाता। तब ऐसा लगता जैसे वह विकलांग ही नहीं।

एक बार जोरदार बारिश हुई। नदी नाले एक हो गए और पवित्र नदी मैया उफान पर शहर की गलियों में घुस गई। लोग बाग घर द्वार छोड़ छोड़कर अपनी जान बचाने भाग खड़े हुए। उस समय कुछ पानी के बीचों बीच घिर गए, तब गोपाल ने जाने कितनों को तैर तैर कर किनारे पहुँचाया। नन्हे से बालक की सूझबूझ और साहस की खूब तारीफ हुई। उसके पिताजी को अपने बेटे पर गर्व हुआ।

गोपाल उस दिन को कभी नहीं भूला था। वार्षिक उत्सव में तैराकी प्रतियोगिता थी। सभी को गोपाल की तैराकी पर पूरा भरोसा था। पूरा दम खम लगाने के बाद भी गोपाल तीसरे नम्बर पर रहा। तपन, भोपाल से आया हुआ था। उसे प्रथम स्थान मिला। ईनाम लेते समय उसने गर्व से कहा –"तैरने के लिए दोनों पैर सलामत होना चाहिए। विकलांग लोगों का क्या काम" गोपाल उसकी छोटी मानसिकता पर मन ही मन दुखी हुआ। मुस्कुरा कर बस इतना ही कहा "तपन, दोस्त इस बार तुम जीत गए। अगली बार जरूर आना। मैं एक बार और तुम्हारे साथ तैरना चाहता हूँ। "हाँ, हाँ क्यों नहीं" हंस कर ईनाम लेकर स्टेज से उतर गया।

तब से गोपाल सुबह से शाम अपने घर से रेलवे पुल तक तीन किलो मीटर का सफर तैरकर पूरा करता। उसने इस अभ्यास के पीछे खाने पीने पर तक ध्यान नहीं दिया। जब भी स्कूल से छूटता, नर्मदा नदी में डुबकी लगाकर घंटो तैर कर अभ्यास करता रहता।

और जब स्वर्ण जयंती वर्ष आया। शहर को तोड़न, वन्दन वार फूलों से खूब सजाया गया। इस बार राष्ट्रीय स्तर की तैराकी प्रतियोगिता में अनेक राज्यों के तैराक आए हुए थे। जिनमें तपन भी शामिल था।

जब पाइन्ट पर विसिल बजी, तपन फिर आगे था। गोपाल तीसरे नम्बर पर तैर रहा था। भीड़ नदी के किनारे जहाँ तहाँ स्वागत कर रही थी। लगता था, अब की बार भी गोपाल जीत नहीं पाएगा। कुछ लोगों ने सोचा परन्तु गोपाल में सभी को आश्चर्य चकित कर दिया। वह जीत की रेखा पर पानी के अन्दर ही अन्दर तपन के बहुत आगे प्रथम स्थान पर पहुँच गया। शुभकामनाओं, तालियों, फूलों और ईनाम की झड़ी लग गई। शहर का नाम रौशन हुआ। गोपाल के आँखों में खुशी के आँसू झलक आए।

तब तपन ने कहा –"गोपाल मुझे विश्वास था, तुम लगनशील, मेहनती हो। मैंने पहली बार में तुम्हारी योग्यता को भांप लिया था। इसलिए तुम्हें चैलेंज दिया था। तुम्हारी जीत पर मैं बेहद प्रसन्न हूँ। दोनों एक दूसरे से गले मिल गए।

जैसे को तैसा

अतुल का स्कूल से घर में कदम रखते ही उसका प्यारा कुत्ता मोती भौंकने लगा। पूंछ हिलाते उसके आगे-पीछे घूमने लगा।

"ओ, मेरे मोती, बस्ता पलंग पर पटकते हुए वह उससे लिपट गया।"

"अतुल बेटे आपसे कितनी बार कहा कि बाहर से आते ही पहले हाथ मुँह धोना चाहिए। परन्तु तुम कितने गंदे होने लगे हो। चलो बाथरूम में जाओ। कोई मोती भागा नहीं जा रहा है" मम्मी ने समझाया।

"ओहो, मम्मी आप भी न! अच्छा मोती अभी आया। फिर हम दोनों साथ साथ नाश्ता करेंगे। मोती भी मुँह खुला करके जीभ बाहर निकालते कूँ-कूँ करता, उसके पीछे हो लिया।

अतुल के पापा बिजनेसमेन थे। आलीशान घर की देखभाल के लिए उन्होंने अलसेशियन कुत्ता खरीद लिया था। जो अतुल का जीता जागता खिलौना बन चुका था। सुबह-शाम वह उसे सांकल में बाँधकर मोहल्ले में घुमाया फिराया करता। दोस्तों पर धाक जमाया करता। कभी-कभी तो अनावश्यक किसी पर बेवजह दौड़ा देता। बेचारे जान बचाकर मुहल्ले से भागते नजर आते। सारा मुहल्ला अतुल की इस हरकत से नाराज रहा करता।

इतवार का दिन अतुल अपने मोती को घुमाने सुमन कालोनी ले जा रहा था। जब कदम के घर के पास आया तो उसका काला चितकबरा कुत्ता उसे देखकर भौंकने लगा। अतुल को बुरा लगा। उसने कदम को ललकारते हुए कहा "बच्चू हिम्मत हो तो चल मैदान में दोनों की कुश्ती करवा देते हैं, तेरे पिल्ले को नोंच डालेगा।"

कदम अपने कुत्ते को मैदान में ले आया। दोनों कुत्ते आपस में भिड़

गए। मोती उसकी ओर झपट पड़ा। अतुल बोला "अब देख मेरे मोती का कमाल"। परन्तु मोती को बुरी तरह गरदन पकड़ कर उसे नोंच डाला। मोती इस हमले से भाग खड़ा हुआ और तो और अतुल को भी उसने खरोंच डाला। अब अतुल की समझ आया वह रोता घर आया।

जब मम्मी को असली बात पता चली कि अतुल ने दोनों जानवरों को आपस में लड़वाना चाहा था। उन्होंने अपने बेटे को समझाते हुए कहा "बेटा! हमें जानवरों के साथ अच्छा व्यवहार करना चाहिए। क्या जरूरत थी? उन्हें आपस में लड़वाने की।" अतुल को अपनी मम्मी की यह बात अच्छी लगी। तब से वह मोती को प्यार से रखने लगा।

एक भूल

यही कोई ग्यारह बजा होगा। बाहर दहलान में कुर्सी पर बैठे-बैठे अज्ञात एक रोचक उपन्यास पढ़ रहा था। तभी उसे लगा आँगन का फाटका खोलकर कोई अन्दर आ रहा है। उसने उपन्यास के पन्नों से ध्यान हटाकर आने वाले को देखा "अंकुर था", उसे अनदेखा करके वह फिर से पन्नों में उलझ गया।

आगन्तुक उसका पुराना दोस्त था। बचपन में अंकुर के साथ उसने गिल्ली-डंडा, धूल भरी गलियों में कंचें चटकाना, कभी स्कूल से आधी छूट्टी में बहाना करके दुकानों की खाक छाना करते थे। भला कोई बचपन की इन स्मृतियों को भूल सकता था।

अंकुर को लगा, वर्षों बाद मेरे दोस्त के यहाँ जा रहा हूँ। मुझे देखते ही गेंद की तरह उछल पड़ेगा और कृष्ण सुदामा की तरह गले मिल जायेगा। परन्तु उसकी आशा को निराशा में बदलते हुए अज्ञात में उसे देखकर भी अनदेखा कर दिया था। अंकुर के मन में क्रोध उमड़ा। फिर अपने आप को संयमित रखते हुए उसने पास जाकर प्यार से हाथ फेरा "कैसे हो अज्ञात" अज्ञात ने कोई उत्तर नहीं दिया।

"मैं पाँच घंटे से ट्रेन में बैठा थका हारा चला आ रहा हूँ। सिर्फ तुमसे मिलना चाहता था और तुम कोई जबाव भी नहीं दे रहे हो।" अज्ञात को लगा पानी सिर से जाने लगा है। वह बोला –"क्या कहूँ।" इतनी उपेक्षा पाकर उसके कान खड़े हो गए। फिर भी वह मुस्कुरा पड़ा। "अज्ञात आजकल क्या कर रहे हो। मैं जरूरी काम से जबलपुर जा रहा था। सोचा तुम से मुलाकात करता चलूँ।"

तब अज्ञात ने धीरे से उपन्यास के उस पन्ने का कोना मोड़ा। जिसके आगे उसका वर्षों पुराना दोस्त भी फीका जान पड़ रहा था। "हाँ, अंकुर

बोल?" संक्षिप्त उत्तर से शुरूआत करते हुए उसने पूछा। "बी.ए. प्रथम श्रेणी कर चुका हूँ। कम्प्यूटर और होटल मैनेजमेन्ट का कोर्स भी पूरा करके घर पर ही रह रहा हूँ। अच्छा तू बता क्या कर रहा है? सामान्य होते हुए अज्ञात पूछ बैठा। मैंने भी बी.एस.सी. करके नौकरी की तलाश की लेकिन कुछ नहीं हुआ, तब मैंने पापाजी की दुकान पर बैठना उचित समझा। और आज अच्छा बिजनेस चल रहा है। बड़ी दुकान पर सामान बढ़ा लिया है। वहीं सामान लेने एक कम्पनी से मिलने जा रहा था। "अच्छा चाय वाय पियोगे, "रूखे मन से अज्ञात ने पूछा।

अंकुर को महान आश्चर्य हुआ। कहाँ अज्ञात उसका टिफिन छुड़ाकर खा जाया करता था। क्या समय के साथ सब कुछ बदल जाता है। मेरी दोस्ती के कोई मायने नहीं। छी ऐसे लोगों के पास एक पल भी रहना ठीक नही। वह उठते हुए बोला –"मैं चाय नहीं पीता। कोई ट्रेन आ रही होगी। मैं स्टेशन चला। हाँ, अम्मा बापू से फिर कभी मिल लूँगा। अगर समय मिले तो मेरे घर जरूर आना।" और वह अनमने ढंग से बाहर निकल गया।

तभी अज्ञात की मम्मी कौशल्या चाय का प्याला लेकर आते हुए बोली –"अरे, अंकुर बेटा कहाँ चला गया। मैंने उसे किचिन से ही देख लिया था। सोचा इकट्ठी बात कर लूँगी।" "माँ, तुम भी न मेहमानों का स्वागत करना कोई तुमसे सीखे।" अज्ञात को जैसे अपनी गलती का एहसास हुआ। उसका मन हुआ। दौड़कर स्टेशन चला जाए और अंकुर से अपनी नादानी हरकत पर माफी माँगे। वह बोला –"माँ अंकुर जल्दी में था। फिर कभी आयेगा और अज्ञात उठकर अपने कमरे में चला गया।

अब उपन्यास के पन्नों में वह अपना अतीत को खोजने लगा। अज्ञात जब पैदा हुआ था। उसके पापा जी का स्थानान्तरण एक कस्बे में हुआ। जहाँ उनकी जान पहचान का कोई नहीं था। तब अंकुर के पिताजी केशवलाल ने उन्हें किराये पर रहने को जगह दे दी। दोनों परिवार मिल जुलकर रहने लगे। अज्ञात और अंकुर तो जैसे भाई-भाई की तरह रहा करते थे। उसी बीच अज्ञात के पापा जी का फिर स्थानान्तरण हो गया।

अंकुर का इतना अच्छा दोस्त बिछुड़ गया था। फिर कुछ समय ग्रीटिंग कार्ड, पत्रों का दौर चला और समय के साथ यादें धुंधली होती चली गईं। परन्तु दोनों परिवार का स्नेह कम न हुआ। अज्ञात को एक ऑफिस में नौकरी मिल गई। वह अंकुर से भी न मिल न सका। एक जरा सी भूल के लिए उसे पछताना पड़ा था।

वह शनिवार का दिन था। नहा धोकर अज्ञात पेपर पढ़ रहा था। माँ उसके ऑफिस का लंच बाक्स तैयार कर रही थी। तभी पोस्टमैन ने अंकुर की शादी का कार्ड दे गया। अज्ञात का मन बल्लियों उछल पड़ा। जिसमें उसने अज्ञात को विशेष तौर से आमंत्रित किया था। लिखा था अगर इस शादी में अज्ञात तुम न आए तो समझना यह दोस्त कुँवारा ही रह जायेगा।

एक पल अज्ञात को लगा। इतने तिरस्कार के बाद भी अंकुर को नसीहत नहीं लगी। फिर उसने सोचा जरूर अंकुर मेरे उसी दिन के रूखे व्यवहार का बदला लेना चाहता है। तथा मुझे बुलाया है। माँ ने आते ही कहा –ले तेरा लंच तैयार है, और यह किसकी शादी का कार्ड है।

“माँ, अंकुर की शादी है, उसने हम सब लोगों को बुलाया है।”

“अरे तो यह बेटा खुशी की बात है। इसी बहाने उन सभी से मिलना हो जायेगा।” लेकिन माँ मैं शायद नहीं जा पाऊँगा।” अरे, पगले अंकुर तेरा इतना अच्छा दोस्त जो ठहरा। भला नाच गाने के लिए उसे तेरी कम्पनी तो चाहिए। अब तू जल्दी से छुट्टी ले और हम सभी चलेंगे। “माँ अन्दर जाते हुए बोली।

शादी के दिन केशवलाल जी की हवेली दुल्हन की तरह सजी थी। सामने एक विशाल शामियाना लगा था। टैक्सी का किराया चुकता करते हुए अज्ञात नीचे उतरा। साथ में उसके माँ बापू भी थे। अज्ञात की नीची निगाहें जैसे उसने सचमुच कोई बड़ा अपराध किया हो।

“अरे, अज्ञात आओ भाई भीतर आओ मैं कब से तुम्हारा ही इंतजार कर रहा था। अंकुर बोला –मुझे मालूम था। तुम मेरी शादी में जरूर

आओगे। "हँसते हुए वह गेट तक आ गया। और अज्ञात को गले लगा लिया। अज्ञात की आँखों में खुशी के आँसू छलक आए। दोस्त मुझे उस दिन की घटना पर माफ कर देना। वह मेरी बड़ी भूल थी। तभी अंकुर की माँ भी आ गई। अरे, अज्ञात की माँ.... तुम? अरे भाई साहब आप भी आए? आपने तो इस घर की रौनक बढ़ा डाली। चलिए हल्दी कुमकुम का मुहुर्त निकला जा रहा है। जानती हैं, आज सुबह से दो बार अंकुर मुहुर्त निकलवा चुका है। बार-बार बस एक ही रट लगाए बैठा था। मेरा अज्ञात आता ही होगा। इसे कहते हैं सच्ची दोस्त भरा प्रेम हँसती उसकी मम्मी जी बोली। एक सुखद मिलन से आसपास परिजन भी भाव विभोर हो उठे थे।

रानी का बलिदान

बहुत पुरानी बात है। तब भारत में अंग्रेजों का शासन चरम सीमा पर था। सिसलीपुर के महाराजा रूपेश कुमार का राज्य खुशहाल था। तवा नदी के विशाल कल-कल बहते पानी से सिंचाई होती, खेतों में हरी-भरी फसलें लहराती रहती।

किसानों को लगान के रूप में हल बखर के दतुआ, पासें, लौहा देना पड़ता। जिसे राजमहल में पारस पत्थर से छुआ कर सोना बना लिया जाता था। इसलिए अपार धन सम्पदा होने के कारण राज्य में हर प्रकार की सुविधा थी। अंग्रेजी शासकों को जब इस चमत्कारी पत्थर के बारे पता चला। लालच में पड़ गये। उसे पाने का फरमान मिलते ही राजा चिंता में पड़ गये। भला अपने ईष्ट देव की अमूल्य धरोहर को कैसे! किसी और के हवालें कर दें। युद्ध छिड़ गया। अंग्रेजों की मजबूत सेना के आगे सिसलीपुर के सैनिकों को बलिदान देना पड़ गया। और महाराज को बेहरमी से मारा गया। उस वक्त वह पत्थर महारानी गुलावती के पास था। वह अपने गुप्तचरों के साथ सुरंग मार्ग से जंगल में अलोप हो गई। पति और प्रजा के दुःख को देखते हुए रानी ने हिम्मत से काम लिया।

वह छदम वेश में ही यदाकदा अपनी वीरता का परिचय देती। अंग्रेजी हुकुमत पर हमला बोलकर जाने कितने अंग्रेजों को मौत के घाट उतारने लगीं। अंग्रेजों की नाक में दम मच गया। तब कर्नल कार्न ने चक्रव्यूह रच कर महारानी को गहरी तवा नदी के किनारे घेर लिया। वह अपने गुप्त मार्ग से इस गहरे पानी में खूब तैरती स्नान किया करती अब उन्हें लगा यह पारस पत्थर उन दुष्टों के हाथ में चला जायेगा। जिसकी खातिर उन्होंने इस प्रदेश को बर्बाद कर दिया। और महाराज को मार दिया। नहीं ! यह पत्थर किसी भी हालत में उन तक नहीं पहुंच नहीं पायेगा। इसलिए पत्थर को अंदर गटकर नदी में कूट पड़ी। उनका संघर्ष और बलिदान आज भी सिसलीपुर राज्य के लिये यादगार बन गया है।

शरारत का नतीजा

राजू पढ़ने के बहाने घर से निकलता था। परन्तु वह स्कूल न जाकर बाजार में घूमता-फिरता, बाग बगिचों से फल चुराता और शाम को जब स्कूल की छुटटी होती। शान से घर आ जाया करता। अगर वह भूले से स्कूल चला भी जाता तो पाठ पढ़ने की बजाय सहपाठियों से लड़ता। उसे किसी को चिढ़ाने में बड़ा मजा आता था। वैसे भी पढ़ाई लिखाई में वह कमजोर था।

उसके पड़ोसी मित्र चंदन ने स्कूल से आकर राजू के पिताजी को बतलाया "चाचाजी, राजू काफी दिनों से स्कूल नहीं जा रहा है परीक्षाएँ आ रही हैं। सर ने मुझे आपके पास भेजा है। उसे स्कूल भेजिए, नहीं तो उसका नाम कट सकता है।"

"अरे, इसका मतलब राजू आवारा घूमता है। ठीक है बेटे मैं उसे स्कूल भेजूँगा। "चंदन के चले जाने के बाद उसके पिताजी सोच में पड़ गए। यह कहाँ जाता होगा। उसकी खोज खबर लेना होगी। जब राजू घर आया। आते ही बस्ता पटक कर बोला "माँ ओ माँ ! बड़ी जोर की भूख लगी है। उसकी माँ कुछ बोलती उसके पहले ही पिताजी ने पूछा "राजू बेटे कहाँ से आ रहे हो।"

"स्कूल से" झिझकते हुए वह बोला और अन्दर जाने लगा। तब उसके पिताजी ने एक जोरदार चाटा मारते हुए कहा "एक तो स्कूल नहीं जाते। ऊपर से झूठ भी बोलते हो। सच सच बताओ कहाँ जाते हो।" तब राजू ने अपनी गलती स्वीकार की परन्तु उसे बातों बातों में यह पता चला गया कि चंदन उसकी शिकायत लेकर आया था। मन ही मन सोचने लगा अच्छा बच्चू अब देखना मैं तुझे मजा चखाता हूँ। चंदन बहुत अच्छा होशियार बच्चा था। बड़ों का आदर करता और अपने साथियों से प्रेम व्यवहार।

उसके दादाजी अकसर उसे जंगल की मजेदार किस्सा सुनाया करते।

जिससे चंदन साहसी और बुद्धिमान बन गया था।

वह छुट्टी का दिन था। चंदन दीनू काका के बगीचे में अमरूद खरीदने गया। तब राजू भी फल चुराने के वहाँ छिपा बैठा था। उसने कई दिनों से मधुमक्खी का बड़ा छत्ता देख चुका था। चंदन को देखते ही उसके मन में बदला लेने का एक उपाय सूझा। उसके शैतान दिल में शरारत सूझी। जैसे ही चन्दन अमरूद लेकर झोले में निकल रहा था, मौका अच्छा पाकर राजू ने अपना निशाना साधकर एक पत्थर छत्ते पर दे मारा। मधुमक्खियाँ भनभना उठी और गुस्से में चंदन की ओर लपकी।

चंदन मुसीबत से घबराने की बजाए हल खोजने में भागने लगा। तब उसके गांव का तालाब देखकर मुस्कुरा पड़ा। और छपाक से पानी में कूद गया। उसे दादाजी कहानी में बताया कैसे मधुमक्खियों से बचाव किया जा सकता है। मधुमक्खियाँ पानी का डूबा भी दुश्मन को छोड़ती नहीं है। तब चंदन ने अपना अमरूद का झोला खाली कर तैरते तैरते पानी में डुबकी साधी और दूर सुरक्षित जगह निकल गया। मधुमक्खियाँ ने झोले में असंख्य छेद कर दिया। लेकिन चंदन घर जाते समय किसी की चीख सुनकर ठिठक गया। अरे यह तो राजू है। तब वह मुहल्ले से कंबल लाकर किसी तरह रोते बिलखते राजू की जान मधुमक्खियों से बचाता। उस समय राजू उसके सामने बेहद शर्मिंदा होता। फिर कभी शरारत नहीं करने की मन में ठान लेता है। अब वह समय पर स्कूल भी जाने लगता है।

बुद्धि परिक्षण

चंदन वन में पूर्व दिशा की ऊँची-ऊँची पहाड़ियों में समर शेर का आंतक छाया रहता तो पश्चिम दिशा में गजब शेर का बोलबाला था। दोनों पहाड़ियों की बीच गहरी खाई थी। जिसमें अथाह पानी बहा करता था।

समर क्रूर राजा था। हर जीव को दबोच लिया करता। अधमरा छोड़कर दूसरे शिकार पर झपट पड़ता। पेट भरा होने पर भी दहाड़ता, नोंच डालता। हिरण तो दूर, हाथी तक उसके खौफ से भयभीत रहा करते। उसे अपनी ताकत पर गर्व था।

एक दिन झील के किनारे आम सभा हुई। हिरणों के सरदार ने सम्बोधित करते हुए कहा –"साथियों इस वन में हम ऐसे कब तक तड़पते डरते रहेंगे। क्यों न हम गजब राजा के राज्य में शरण ले लें ?" क्यों क्या वह दलायु हैं, जो हमें छोड़ देगा।

"हाँ, सच कहा वह दयालु जैसा ही है। मैंने उस राजा के बहुत किस्से सुन रखे हैं। अगर कोई प्राणी घिघियाने लगता है, वह उसे छोड़कर चला जाता है। हफ्ते में बस एक बार शिकार करता है। वह भी दुष्ट जीव का। "अरे, फिर तो हमें ऐसे राजा के दरबार में जरूर रहना चाहिए। सभी ने समर्थन में सिर हिलाया।

एक दिन चुपके-चुपके सारे जीव जन्तु गजब राजा की शरण में चले गए। अचानक शेरों की दहाड़ने की आवाज से सारा वन गूँज उठा। सियार, नीलगाय, बारहसिंगा, हाथी जाने कितने जीवों में घबराहट होने लगी। वह दहाड़ने की दिशा में छिपते छिपाते भागे। चंपक बंदरों का झुण्ड तो बिल्कुल पास से उसकी लड़ाई देखने लगें।

चाँदनी रात में समर ने छलांग लगाते हुए गजब को ललकारते हुए कहा –तुमने मेरे प्रजा को शरण देकर अच्छा नहीं किया। उन्हें वापिस मेरे

यहाँ खदेड़ दो वरना?

"वरना क्या? गजब उस पर टूट पड़ा। भयानक युद्ध हुआ। जब भी समर छलांग लगाता, गजब बुद्धिमानी से इधर-उधर हट जाता। समर की शक्ति कमजोर होने लगी।

बुद्धिमानी के आगे ताकत हार गई। जब समर की शक्ति कमजोर हो गई। तब वह लंगड़ाता अपनी दिशा की ओर चुपचाप चल पड़ा। फिर कभी वह दिखाई नहीं दिया।

बीजों का रहस्य

सोनपुर नामक एक राज्य था। जहाँ महाराज वीरसिंह की रियासत थी। महाराज दयालु और नेक राजा थे। वह प्रजा से बेहद स्नेह रखा करते। उनके सुख दुख में साथ दिया करते थे। इसलिए प्रजा भी महाराज की हर आज्ञा का पालन किया करती थी।

एक बरस पानी नहीं बरसा। नदी नाले तक सूख गए। पेड़ों में पतझड़ लग गया। परन्तु राज्य वासियों ने एक कौतूहल देखा। सोनपुर से लगा सुन्दर वन अचानक हरा भरा हो गया था। भूख से बेहाल कुछ लोग वहाँ जंगली फल फूलों को बटोरने गए तो लौट कर नहीं आये। प्रजा जन सोचने लगी जरूर वहाँ कोई प्रेतबाधा है। इसलिए वहाँ जाने की किसी में हिम्मत नहीं होती। प्रजा जन अपने गुम हुए परिवार की फरियाद लेकर महाराज के पास गए। उनकी तकलीफ को देखते हुए महाराज ने वीर योद्धाओं को वहाँ भेजा। लेकिन वह भी गए तो फिर लौट कर नहीं आये। दहशत का माहौल छा गया। महाराज भी चिंतित हो उठे। तब उन्होंने मुनादी पिटवा दी "जो भी उस वन में जाकर खोये हुए लोगों का पता लगायेगा। उसे पांच सौ सोने की मुहरे दी जायेंगी और नौकरी पर रख लिया जायेगा।"

जान सभी को प्यारी रहती है। कोई भी मौत के डर से वहाँ जाने के लिए तैयार नहीं हो रहा था। उसी राज्य में अनूप और करीम नामक दो युवक रहा करते थे। वह सच्चे दोस्त थे। बहादुर भी थे। उन्होंने दरबार में जाकर महाराज से वहाँ जाने की इच्छा जाहिर की। महाराज उनका हौंसला देखकर बेहद प्रसन्न हुए और वहाँ जाने का इंतजाम किया। राजसी ठाठ बाठ के साथ तिलक करके विदा किया।

भोर होने तक दोनों दोस्त सुन्दर वन में पहुँच गए। जगह जगह बहते कल कल झरने हरा भरा जंगल उन्हें बहुत अच्छा लग रहा था। ताजुब की बात थी। रास्ते में एक भी पशु पक्षी दिखाई नहीं दिया। करीब बोल

–"यार, अनूप इतने बड़े वन में कोई जीव जन्तु नहीं हैं, इतने रसदार फल लगे हैं, जरूर दाल में कुछ काला है"। तभी अनूप बोला "करीम देख वह ताजे फल लटक रहे हैं, चलते चलते हम थक गए हैं, भूख भी जोरों की लगी है, क्यों न एकाध फल खा लें।"

अनूप इन फलों में जरूर कोई राज है, ऐसे विचित्र फल मैंने अपने जीवन में कभी नहीं देखें हैं। एक काम करते हैं, फल तो जरूर चखेंगे। तभी कुछ पता चलेगा। अगर कुछ होने लगे तो तू घबराना नहीं। मैं जो तेरे साथ हूँ" उसने समझाते हुए कहा।

फल खाते ही अनूप जैसे हल्का होकर आकाश की ओर उड़ने लगा। वह पूरब दिशा की ओर उड़ा जा रहा था। करीम बोला "अनूप चिंता न करना मैं तेरे पास दौड़ा आ रहा हूँ, उड़ते उड़ते अनूप काले पहाड़ की ओर चला गया। वहाँ जाकर वह एक विशालकाय राक्षस को देखा, जो मुँह फाड़े अट्टहास कर रहा था। करीब सारा माजरा समझ जाता है। वह दौड़कर अनूप के पैर में एक बांस का नुकीला सिरा घुसा देता है। जैसे अनूप की सारी हवा शरीर से निकल जाती है और वह राक्षस के मुँह में जाने की बजाए जमीन पर गिर पड़ता है। थोड़ी चोट आती है। परन्तु वह हिम्मतवर था। इसलिए इतना दर्द सहन कर गया।

तब राक्षस जोरदार हुंकार भरते हुए हँसा "ओं-हों हों मुझसे बचकर कहाँ जाओगे। बड़े दिनों बाद मेरे जाल में फँसे हो। पहले भी मैंने जाने कितने सोनपुर वासियों का भोजन इसी तरह कर चुका हूँ। करीब बुद्धिमान था। अब सारी बात समझ में आ गई थी। उसने राज जानने के लिए भोला बन कर पूछ बैठा "अच्छा महाराज जी आपने ही ये चमत्कारी फल बोये होंगे। ये भला सूखे की स्थिति में हरे भरे कैसे हैं। "अरे बुद्धू बालक मेरा विशाल शरीर नहीं देख रहा। एक सांस में समुन्दर से पानी भर लाता हूँ और इस वन को हरा भरा कर दिया है। जिससे कोई भी जीव आता है, बैठे बैठ उसका भोजन बना लेता हूँ। मुझे कहीं जाने की जरूरत भी नहीं है।" "मैं कैसे मान लूँ कि फलों को खाकर कोई हवा में उड़ सकता है।"

करीम ने अपनी चाल चली। राक्षस ने आव देखा न ताव ढेर सारे फल खा लेता है और हवा में उड़कर काले पहाड़ से टकराकर चकनाचूर हो जाता है। महाराज दोनों की सूझबूझ से बेहद खुश होते हैं। उन्हें सेनापति बना लेते हैं।

खनक की बुद्धिमानी

अमरनाथ जी अपने बेटे जेम्स और बेटी खनक को गर्मी की छुट्टियों में हिल स्टेशन कुडइकुनाल घुमाना चाहते थे। सुनते ही बच्चे खुशी से उछल पड़े।

जेम्स पढ़ने में अव्वल था। मोटी मोटी किताबें तोता जैसे रट लिया करता। स्कूल में मास्टर जी के हर सवालों का जबाव उसी के पास मिला करता। वह पढ़ाई लिखाई के सिवा कोई काम नहीं करता। छोटी बहन पर हुकुम चलाता।

खनक जिज्ञासु थी। वह पढ़ाई के साथ साथ मम्मी के किचिन घर की साफ-सफाई पर ध्यान देती। इतनी कम उम्र में उसने प्राकृतिक सौंदर्य की पेंटिंग बनाई, देखने वाले मुग्ध हो जाया करते। हाँ बस पढ़ाई में पीछे रहती। अकसर उसकी डायरी लाल स्याही से रंगा करती, मम्मी उसे जी भर कर डांटती।

सुबह की ट्रेन से उनका रिजर्वेशन था। मम्मी ने सारी तैयारी कर ली। आरोग्यप्रद स्थान था। इसलिए ऊनी कपड़े भी रख लिए, वहीं खनक ने नेट से आसमान घूमने से लेकर ट्रेन कहाँ कब रुकती है, जानकारियाँ निकला कर रख ली। उसे डायरी में संस्मरण लिखने का बेहद शौक था।

ट्रेन से उतर कर वह बस में बैठ गए। लक्जरी बसें एक के पीछे एक आसपास नारियल केले के बगीचों को चीरते पहाड़ियां चढ़ने लगी। दूर पहाड़ी पर दूध सा उफनता झरना बह रहा था। पवन चक्कियों का विशाल भंडार शोर गुल से दूर शांत सुरम्य स्थान जहाँ तिनकों-तिनकों में ही ठंडाई के कारण रंग बिरंगे फूल खिलखिला रहे थे। सभी का मन मोह रहा था।

घूम फिरकर वह शाम के समय झील पर आ गए। जहाँ सैलानियों की भीड़ बसों का अब्बार। खनक बोली "पापाजी मुझे घोड़े पर बैठना है।"

नहीं बेटी गिर जाओगी। घोड़े पर तो भैया बैठेगा। उन्होंने जेम्स को घोड़े की सवारी कराने के लिये बैठा दिया। खनक मायूस हो गई।

मम्मी बोली "खनक तुम्हें साइकिल दिलाये देती हूँ," खनक मायूस हो गई। सोचने लगी "अगर भैया को मलाई वाला दूध पसन्द है, मम्मी मुझे क्यों मना करती है, पढ़ाई में क्या मेरा मस्तिशक खर्च नहीं होता। भैया को हर तरह की आजादी, उसके हर शौक पूरे मुझे क्यों मनाई।" उसके मम्मी पापा झील के किनारे बैठ कर गप्पे लड़ाने लगे।

अचानक आसमान से पानी की ठंडी तेज फुहारें गिरने लगी। बिन मौसम की बरसात सेलानियों में खनक मम्मी को खोजने लगी। उसने बस के पास जाकर देखा एक सी रंग की ढेरों बसे खड़ीं थी। कुछ समझ न पाई सोचा। उसकी बस होटल जा चुकी।

खनक ने डायरी निकाल कर होटल का पता किया और एक आटो करके चल पड़ी। आटो चालक भेद भरी निगाहों से घूरता मंद मंद मुस्कुराता, सुनसान पहाड़ी तरफ ले जाने लगा। खनक बड़े आराम से बिना घबराये कहा –देखो महाशय जी आप ये न समझना मुझे भटका दोगे। चलो गाड़ी पीछे करो और होटल नूरमहल रख लो। वह सहम गया। आटो चालक उसकी निडरता से घबरा गया। "अरे बिटिया, मैं सीधे रास्ते छोटे रास्ते से तुम्हें ले जाना चाहता था" और उसका पहिया सही रास्ते पर आ गया।

खनक होटल में उतर कर मैनेजर के पास से फोन लगाती है "हैलो, पापा आप मुझे खोज रहें होंगे। मैं होटल आ चुकी हूँ। आप आराम से आ जाइए।" "ओहो! मेरी बेटी हम तो घबरा ही उठे थे। झील के किनारे हमने तुम्हें कहाँ कहाँ नहीं खोजा। अब मोबाइल हमेशा अपने साथ रखा करो।" "सारी पापा जी, हंस कर वह बोली।

सफर से लौटते समय पापा मम्मी ने उसकी डायरी पढ़ी। बेहद खुश हुए। खनक इतनी बुद्धिमान है। आज उन्हें पता चला। उस दिन से मम्मी भी खनक पर विशेष ध्यान देने लगी।